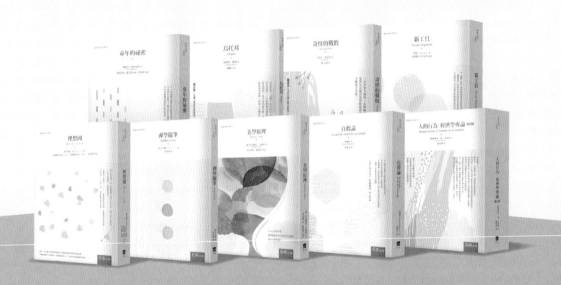

世界文學評賞課
珍・奧斯汀和她的小說

朱嘉雯——著

五南圖書出版公司 印行

作者序

我是一尾泅泳的小魚

身為中文系的人，自從十三年前，經典通識的概念開始在我的心中建立以來，我已經逐漸領悟到跨越教學與研究的門檻，將世界文學廣納為畢生研讀課題的重要性。也是在那樣領悟的當下，我有機會開設「珍・奧斯汀：傲慢與偏見」這門課。其後，陸續有「托爾斯泰：安娜卡列尼那」、「D.H.勞倫斯：查泰萊夫人的情人」、「紫式部：源氏物語」、「鮑里斯・巴斯特納克：齊瓦哥醫生」、「雨果：鐘樓怪人」，乃至於歷屆諾貝爾文學獎得主作品，像是石黑一雄的《長日將盡》……，以及目前正在講授詹姆斯・喬伊斯的《都柏林人》，和依序錄製磨課師的「托爾金與《魔戒》」。

「經典豐富了我的人生」這句話，在他人眼裡可能是一句老生常談，但是在我，卻是切身的體驗。我像是沉浸在大海裡的一尾小魚，那大海便是來自世界各地的經典之作。有時海底平靜如暖陽，讓我忘了自己身在何處；有時突來驚濤駭浪，而我也必須用生命和過往總結的人生經驗與歷練，和它奮力搏戰！每當我在課堂上，與同學們分享所有的閱讀心得、分析與感悟時，美好而充實的心靈滋養，曾經帶給我無限的幸福！就像是仰望著海面上耀眼的星光，或是坐擁一片屬於我，也屬於同學們的豔麗霞光。我們擁有文學，便擁抱了深刻而廣袤的全世界。

我夜以繼日在備課研讀與撰寫教材中，感受到經典給我的力量。尤其是當修課的學生絕大多數並非來自文學院時，我需要以加倍的能量和絕對坦承的生命體驗來展開一幕又一幕全新的經典閱讀視野，那好像是一場又一場悠遠的旅程，我是最快樂的導遊，希望引發大家對文學之旅的終身探索和興趣！這所有的千里之行，都始於「珍・奧斯汀」（Jane Austen, 1775-1817）。

面對女作家所環繞衍生出來的各項議題，我在本書中，盡可能地展開了廣泛的探討，並且扣緊作家的每一部作品用以分析其間衍生出來的文學議題。除了解讀她最為人們所稱道的《傲慢與偏見》之外，同時也將閱讀的領域延伸到其他五部長篇小說，甚至於觸及她的少作《愛情與友誼》（*Love and Friendship*），與臨終前來不及完成的遺作《桑迪頓》（*Sanditon*）。本書的「後記」還有《蘇珊夫人》（*Lady Susan*）的評析。我們藉此機會審視了這些作品與時代的特殊對話關係，其間也論及十八世紀末到十九世紀歐洲的政治風雲、文藝思潮，乃至於威爾斯親王攝政階段（1811-1820）到維多利亞女皇執政時期（1837-1901），英國整體的社會文化發展概況，以便進一步討論這位女性小說家的寫作與其時代社會的辯證關係。並且將許多與珍・奧斯汀同步馳名的男女作家及其作品羅列比較，以突顯她與眾不同的文學風貌。同時舉出英國女性主義先驅維吉尼亞・吳爾芙（Virginia Woolf, 1882-1941），與小說兼劇作家威廉・薩默塞特・毛姆（William Somerset Maugham, 1874-1965）等人的解讀與分析，希望漸次深入珍・奧斯汀的小說世界。

奧斯汀文學是一個與拿破崙同時代，卻出奇地優美、歡樂、恬靜、雅致如田園詩般的生活天地。女作家自幼便在午茶時光與晚餐後，偎著壁爐對家人們朗誦自己編寫的故事；也在清晨拂曉時分，彈奏一段簡單而優美的鋼琴曲，作為一天生活的開始。而令她們更愉快的舉動，則可能是玩著從屋後綠草坡上翻滾而下等不合淑女規範的遊戲（《諾桑卡修道院》*Northengcr Abbey*）。那時候最令人興奮的社交活動是一場又一場華麗而又歡暢的舞會。當蕾絲裙與小步舞曲相擁迴旋到分不清水晶燈與絲絨地毯的方位時，愛情的冒險也正在逐步醞釀。張愛玲說：「一個人在戀愛時最能表現出天性中崇高的品質。這就是為什麼愛情小說永遠受人歡迎——不論古今中外都一樣。」然而《傲慢與偏見》裡的莉琪小姐與達西先生，顯然早已具備了「天性中崇高的品質」，卻因為各自擁抱著主觀強烈的優越意識，使我們終究無法分辨進駐在他們心靈孤島裡的嚴防，究竟是傲慢？還是偏見？

幸而這內化了的高貴品質，投射出自省與自我認知的能力，使得他們在珍・奧斯汀的異想世界裡，敞開了社會風氣與階級制度的封閉門扉，翻身泅泳於溫暖的愛情之海，兩個高貴而又孤獨的生命終於相互依偎。從相遇、誤會，到彼此理解，進而相知相愛，整部小說就像是一場優雅的雙人舞會。當兩個巨大的主體藉由自我省察而慢慢地放下了心中長期根深柢固的傲慢與偏見，愛情才有了迴旋的空間。知己，是生命中的一面鏡子，而且特別容易反映出自我性格中優美的部分。在珍・奧斯汀的小說裡，愛情也如同一面鏡子，它照見了使我們孤獨的迷霧，那遍布周身的迷霧一度讓我們無法真正看清自己，也看不見真實的對方。在迂迴曲折、痛苦掙扎的過程裡，莉琪終於撥開雲霧看見生命中的達西，而經歷了一連串的狂悲與狂喜之後，莉琪修正了自己的偏見，達西也放下了心中的傲慢，兩人之間，那座隱形的城牆便在一夕之間為了所愛而傾倒，奇蹟似的火花乍然綻放，如荒野般枯萎的生命在曾經是最落寞的角落裡逐漸甦活繽紛開來……。

這位「英國文學史上最出色的女主角」——伊莉莎白・班奈特（Elizabeth Bennet），也就是莉琪，實現了珍・奧斯汀的疾呼：「沒有愛情千萬不要結婚。」為了那個婚與戀之間無法達到圓滿結局的時代；為了金錢成為橫阻在人們心中的價值尺度；也為了多數女性的弱勢處境，珍・奧斯汀用藝術化的方式補償了現實的缺憾。儘管具有政治傾向的讀者對於小說中澆薄的時局觀察與社會意識頗有微詞，然而實際上，只要我們夠細心，仍然可以體察到拿破崙席捲歐洲所帶來的威脅感，早已悄悄地化身為英挺的軍官與士兵，駐紮在班奈特家附近，正擾亂著五姊妹的心。珍・奧斯汀就這樣以精細語言透露出她的形塑超越了對於戰爭、階級、權力結構與產經模式的直接評述。

她的社會觀照取自英國鄉間的三、四户人家，用精雕細琢的功力，在一般人以為一成不變的日常生活裡，開鑿出接二連三的新鮮情事，那些用笑容和禮貌包裝的揶揄與嘲諷，成為她的文學利器，使她在不說教的氛圍裡，靜靜地期待著工業革命、美國獨立、法國大革命、拿破崙戰爭等長期動亂之後，還有更大的破壞到來。屆時，不合理的傳統道德觀念與鄉紳貴族的虛偽及愚蠢，將一併從人們的心底深處廓清。在此之前，珍・奧斯汀所能做的，是面對眼前諸多的荒謬與矛盾，好好地嘲弄一番，她說：「誰還會懷疑以後的一切呢？當青年人想結婚，他們只須堅持就可以貫徹他們的意願，不管他們如何窮困，如何魯莽，以及最後幸福的可能性如何之小。以此終篇或許是不道德，不過我相信那是真理。」（《勸導》Persuasion）

在珍・奧斯汀的時代，女性也許還得噤聲一段時間，然而她們靈動流轉的眼波，卻足以使得小說美學的敘事途徑在無聲無息間轉了個彎。誰道歐洲諸城的陷落、古典貴族文明的傾覆，不是為了成全一名鄉村女子的愛情故事？而她，卻依舊玩著從屋後綠草坡上翻滾而下的不合淑女矩度的遊戲，渾然不覺。

朱嘉雯

目錄

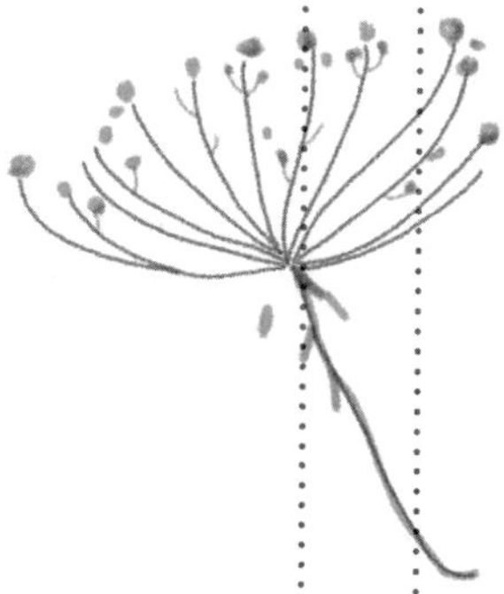

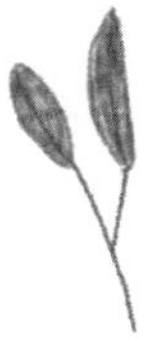

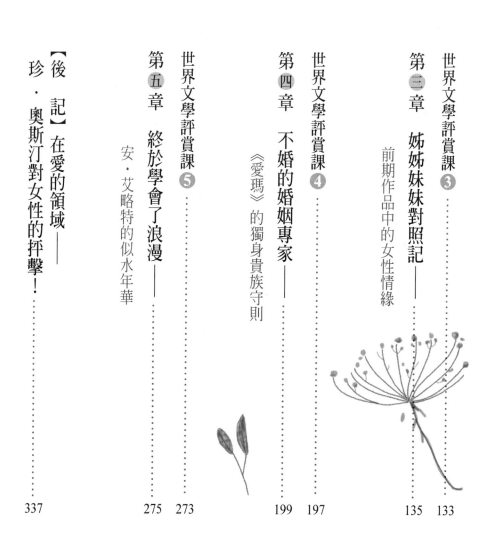

世界文學評賞課

1

第一章

親愛的，我已經在愛的途中了——

《傲慢與偏見》裡的連環求婚喜劇

愛情使人脫胎換骨，在《傲慢與偏見》的尾聲中，莉琪好奇地要達西先生講述愛上她的經過時。達西先生說：

我也不確定是在什麼時候、什麼地點，看到了你什麼樣的神情、聽到了你什麼樣的談話，我才開始愛上你的。那是好久以前的事了，等我發覺我愛上你的時候，我已經在愛的途中了。

生活之流本來就是無頭無尾，「重要的瞬間」往往被埋藏在一大堆心靈印象與寶實在在的生活細節裡，我們也只能從渺小的事情上，去捕捉內心的變化，與界說內在精神的反覆與矛盾。

珍・奧斯汀自十六歲起，對寫小說產生了濃厚的興趣。卡洛・席爾茲（Carol Shields）在奧斯汀的傳記裡說明那個時代的小說觀：

小說作爲一種文學形式在當時還處於嬰兒期，一般對這新文類的驚豔，減弱了對其可能有的批評。因爲在這裡，躍然紙上的是活生生的、有思想的男女，面臨實實在在的困境，並表達他們眞誠的想望。事實上，在這裡是所有立即可知的東西：家庭、愛情、生與死、乏味與激情，還有平凡生活的本質與人類精神的極致並列在一起。（吳竹華譯，二〇〇二）

然而，在珍・奧斯汀所生活的時代，不僅小說的形式還在雛型階段，小說的主題發展也同時滯留在觀望期，甚至於一般社會人士普遍對小說有輕視，乃至於譴責的態度，尤其不能給予寫小說的女性同情的理解。因此，珍・奧斯汀的寫作總是以非常低調的姿態進行著。她坐在書房裡，把事先構思好的情節，寫在一張張小紙條上，房門有些故障，開關時會發出響聲，只要聽見有人進入，她便匆忙把小紙條藏起來。她的姪女瑪麗安・奈特（Marianne Knight）曾經回憶起這位寫小說的姑姑：有時安靜坐在壁爐旁，會突然神祕地大笑，然後匆匆穿過房間去寫下什麼，再回到原位。在行為禮儀高度規格化的時代，那神祕的大笑，與突如其來的寫作舉動，即使是自家人也不得不搖頭感嘆這位淑女的確是欠文雅。

珍・奧斯汀二十六歲以後，曾被迫離開故鄉史蒂文頓，遷居到溫泉水療區——巴斯。從田園到市鎮，珍失去了「自己的房間」，和安寧規律的生活作息。對於一位作家而言，生活從寧靜轉為嘈雜，從寬敞變得擁擠，心境從自信到焦慮的同時也就意味著失去了有利的創作環境。這一場中年危機正是以實際的生活為吳爾芙的論點作了有力的註腳，她曾堅稱一位作家不需要刺激，反而需要刺激的反面，亦即規律：身邊有相同的牆壁，擺著相同的書。作家需要能夠自我調配時間的生活型態，有自己的書桌，和不斷的報酬，以支持她寫出最好的作品。幸而珍・奧斯汀有一群支持她寫小說的家人，尤其是父親和兄長亨利。前者曾為她的第一部小說《傲慢與偏見》寫信給倫敦出版商，請求自費出版；後者在珍・奧斯汀去世後，為她的《諾桑覺寺》定名，並親自寫上作者小傳，將其最後兩部書合併發行。雖然珍・奧斯汀在世時，出版的道路走得並不順遂，而且直到去世前，頂多只以「By a Lady」的匿名方式出書。不過她的生命似乎早已描定了自己的式樣，寫小說就是她的生活重心，幾乎是從少女時期開始，就習慣將寫好的作品朗讀給家人聽，有時也尊重他們的意見，反覆修改。

英國人對於小說的觀念，到了珍・奧斯汀所生活的時代，正好進入了無聲的轉變期。在她之前，大約是十八世紀上半葉，出現了許多現實主義大師，例如：菲爾丁、瑞察生、斯特恩和斯摩萊特等人。他們運用了大量的細節描述，精心入微地刻畫人物的內心世界，在不知不覺中已將寫作風格帶出了傾向普遍性與統一性觀念的新古典主義，例如：菲爾丁在《湯姆．瓊斯》（*Tom Jones*）一書中刻畫了蘇菲亞．魏斯藤被父親強迫接受其所指定的結婚對象時，兩位年輕人第一次見面後，魏斯藤先生很快地退出房間，好讓他們有獨處的機會：

她們兩人一言不發，沉默了將近一刻鐘，打開話匣子，是男士的責任，但是這位害羞的男士卻顯得過分謙虛。他好幾次嘗試開口，但是每當話到嘴邊就被他吞了回去。最後他們終於打破了沉默，以極端不自然的客套話互相寒暄，她以睥睨的眼神，微微點頭，並客氣而簡短地回答他的問候。對女人毫無經驗的伯利佛，還自負地以爲，這表示她接受了他的追求。當蘇菲亞再也按捺不住，決定起身離開，以及早結束這場會面時，伯利佛以爲這是他害羞的緣故，他安慰自己：很快就能和她長相左右了。

他打從心底認爲自己勝券在握，什麼是浪漫愛？如何獲得愛人的芳心？這些問題從來沒有進過他的腦袋，他想的只是她的財產和她的人，而且他認爲她很快就能同時擁有這兩者，因爲魏斯藤先生一心想早日促成這樁婚事，而他也知道，蘇菲亞一向順從父母之命，即使有狀況發生，她父親也會強迫她就範……。（第六冊，第七章）

菲爾丁除了刻畫人物心思之外，還採取了典型的喜劇結構：一個完全狀況外的第三者因昧於當事人的心意，而導致誤會，故事中，魏斯藤先生被他的妹妹所誤導，以爲蘇菲亞愛的人是柏利佛，而非湯姆．瓊斯。作者於是以將錯就錯的筆調，刻意不讓相關人物彼此溝通，或自我表達對這件事的想法，以持續誤會，用全知觀點帶領我們進入柏利佛的內心，讓我們目睹了他的計謀。在以諷刺語氣施加在柏利佛這個人物身上時，讀者根本不必擔心蘇菲亞以及她的財產會落入這個壞人的手中，因爲他的形象是以喜劇筆法處理過的，他既對蘇菲亞的沉默會錯意，於是順著這層誤會又引發了下一段喜劇，他跑去告訴魏斯藤先生，追求行動已有斬獲，然而蘇菲亞並不知道他們的對話，同時她也不了解父親這個土財主的想法，因而試圖以理性的溝通方式說服他，進而造就了對話的喜感：

蘇菲亞看到父親這麼高興，儘管她不知道他爲什麼高興（因爲他經常這樣一時興起就開心的不得了，雖然他今天似乎比以往更加興奮），但是她想，這是她向父親表明心意的最佳時機……，「蘇菲亞的幸福是不是就是爸爸最大的快樂？」魏斯藤聽了這話連忙對她又親吻，又發誓，保證一定要讓她幸福……，然後，她向他哀求：「不要逼我嫁給一個我討厭的男人，讓我變成全世界最可憐的人，我肯切地請求您，親愛的父親。」她接著說：「這不僅是爲您好，也是爲我好，您剛才不是說，我的幸福就是您最大的快樂嗎？」

「這到底是怎麼回事？」魏斯藤先生邊說邊瞪圓了眼。她說：「哦！不只是您可憐的蘇菲亞的幸福，連她的生活，甚至她整個生命都決定於您是否答應她的請求。我不能和伯利佛先生一起生活，逼我接受這樁婚事和殺了我沒兩樣！」

「你不能和柏利佛先生一起生活！」魏斯藤先生說。

「不能！我用我整個靈魂發誓，我不能！」蘇菲亞回答道。

「那你就去死好了。」他大吼一聲。

菲爾丁在此強調了情節逆轉的戲劇效果，為了符合傳統的喜劇布局，作者將焦點放在人物之間的誤解與衝突，而不提父女兩人心靈的創傷。這不是因為蘇菲亞的感情不重要，而是為了避免分散喜劇張力，所作的妥協。

此外，瑞察生在《克蕾麗莎》（*Claissa*）中，也有類似的求婚喜劇，只是技巧與菲爾丁完全不同，女主角從女僕處得知索密斯是父母親為她選擇的夫婿之後，她在寫給安娜·豪爾的信中，寫了一段「今天早上」發生的事情，其間所展現出的寫實功力，較菲爾丁有明顯的風格變化，但描繪父親的喜劇形象，卻仍未突破過於誇張的格局。

我今天早上下樓吃早餐的時候，心中眞是忐忑不安……，我一心要找機會和我母親說話，希望她能了解我的心情，於是我打算在她吃完早餐，回房休息的時候，利用這個大好的時機。不幸的是，當我走進飯廳，竟看到可惡的索密斯坐在我母親和姊姊中間，臉上還帶著得意洋洋的表情！親愛的，你知道，我們不喜歡的人再怎麼樣也沒辦法討好我們。

接下來這個「卑鄙的傢伙」竟然妄想坐到克蕾麗莎的身旁。而靈敏的女主角隨即假裝爲了走路方便，動手移開了身邊的座椅。

但是我的舉動卻沒有對他造成嚇阻作用，這個人信心十足，而且膽大包天……。他把我移開的椅子拉得靠我很近，近得他已經壓到我裙子的環架了，然後臃腫醜陋的他就整個人重重地摔進椅子裡。我當時眞是氣極了。（當然這一切只在我腦子裡轉，我並沒有把這些說出來。）

克蕾麗莎責怪自己一向太沒主見，所以常常讓哥哥姊姊占便宜，而自己拿不定主意的樣子也表現在面對父母的時候：

我發現父親一臉不悅之色。他生氣的時候，臉色比任何人都難看。「克蕾麗莎．哈洛！」他大聲地叫我——然後就此打住。我屈膝向他致意，並顫抖地回答：「父親。」

當克蕾麗莎坐下時，已自覺到滿臉通紅，幸好母親讓她過去幫忙泡茶：

我高興萬分地去坐那個傢伙剛剛坐過的位置，而且讓自己專心地泡茶，所以我的情緒不久就平復了。

爲了緩和父親的怒氣，克蕾麗莎甚至低聲下氣地問了索密斯兩三個問題，卻又惹來姊姊的訕笑：「這就是驕傲的下場吧！」接下來所有的家人都藉故相繼離席，尤其是哥哥的理由最差勁：「妹妹，我有一樣寶物要給你看，我這就去拿來。」這些粗劣舉動背後的用意，不言而喻。就在索密斯抬起他「醜陋」的腳，再度向克蕾麗莎走近時，女主角靈機一動說道：「我不想麻煩哥哥把東西拿來。」然後拋下了在她背後大叫「小姐，小姐……」的索密斯，離開了餐室。最後，克蕾麗莎來到了花園，只見哥哥莫不關心地與姊姊散步著，「顯然他已經把他所指的『寶物』留在我眼前了。」

瑞察生以外在事件透露人物的心理變化，並用書信體的敘述方式，使讀者在克蕾麗莎與安娜親密友誼與互相信賴的前提下，穿透女主人公的內心世界，同時也認清了哥哥姊姊對她冷嘲熱諷與莫不關心的輕蔑態度，最後以「寶物」譏諷索密斯，讓我們見識到了比《湯姆·瓊斯》更多的人物心理反應。當父親對克蕾麗莎下最後通牒時，母親也要她做決定：

這時候，父親上樓來到我的房間，她臉上嚴肅的表情教我不寒而慄。雖然他深受痛風之苦，但是他仍在我房裡繞了兩、三圈。當一直保持緘默的母親把眼光投向他時，他開口說道：

親愛的，怎麼這麼久不見人影呢？晚餐快準備好了。你只要簡單明瞭地把你的意見和我的意見講清楚就好了——當然啦，你也許還要講講有關婚禮的準備事宜，希望你趕快下樓來——我就把你的女兒交到你手裡了，如果她還配得上這個稱呼的話。

說完他就準備下樓了，然後向我投來冷冷的目光，我看了之後久久說不出話來，甚至有好幾分鐘都不敢開口對我母親說話。（第一章）

瑞察生與菲爾丁描繪出兩種不同的父親面貌，魏斯藤先生粗魯而誇張，哈洛先生則是狠心冷酷，前者暴跳，後者沉默，是兩種不同的手法來描寫因逼婚而憤怒的父親。而瑞察生將傳統小說中線性發展的時間藝術悄悄地轉換成僅是一個早晨所發生的故事，這種用空間藝術審視生活眞實面貌的技巧，很具有劃時代的意義，它使我們聯想到維吉尼亞·吳爾芙（Virginia woolf, 1822-1941）爲現代小說所下的定義。不過瑞察生畢竟尚未摒棄以外部事件爲關注焦點的思路，因此儘管小說已將重大事件化爲渺小平淡的日常瑣事，而且作家筆端也逐漸開啟了人物內心變化的瞬間捕捉。甚至可以說，他將人物放在特定的時空裡，以觀察其臨場的印象與飄忽的浮想。然而此時作家的筆調與小說結構，基本上還是屬於傳統的敘事型態，亦即故事有開頭，有結尾，並集中朝向一可預期的終點邁進，事件的發展也往往合乎人們心目中所認定的社會秩序，而不是對人生施以散點透視的片段意識考察。

這兩位現實主義小說家所創造出來的人物，在許多評論者眼中正是珍·奧斯汀筆下人物的先驅。因爲到了十八世紀七十年代，現實主義的思潮幾乎被一片新浪漫主義的作風所傾覆，小說裡出現了志怪傳奇的色彩，以及矯揉感傷的情調。直到一八一一年，珍·奧斯汀的第一部小說出現，才又重新紹述了三十年代的現實主義傳統。只不過這一次現實小說的復出，同時也以更坦然的態度反映了世紀末英國經濟條件的改變，以及中產階級興起所引發的倫理問題。此外，在英國文學史上更值得記上一筆的是，同樣以婚姻爲題材，這次卻是女性以其敏銳的觀察來處理求婚的喜劇演出，讓兩代之間的親子之情，在這些事件中突顯其複雜而細膩的人文情懷。事實上，珍・奧斯汀在寫完《傲慢與偏見》、《理性與感性》之後不久，曾與第一位男朋友湯姆・勒佛伊（Tom Lefroy）大膽地討論過（湯姆・瓊斯）裡情色的描寫，顯示她對前代現實主義作品的熟稔與興趣，因此這類作品也許在她創作時，提供了許多正面繼承與反面省思的材料。尤其是珍・奧斯汀在描寫求婚場景時，特別在《湯姆・瓊斯》的既成喜劇格局上，翻出新意，如果將這兩段文字並列比較，也許會令讀者有終於撥雲見日的感受，進而對英國現實主義小說的發展有所領略。

* * * * * *

《傲慢與偏見》裡的求婚喜劇，始於班奈特先生接待了將來會繼承其遺產的表侄——柯林斯牧師。吃飯的時候，作者藉由人物的對話，突顯出柯林斯這個人的荒謬與喜感。班奈特先生起先非常沉默，等僕人走開以後，他才開始跟客人談話。這位講話高度奉承，內容卻又空洞無比的表哥，選擇以羅琴茲花園主人凱瑟琳夫人做爲餐敘的話題。他非常自負地說，這輩子沒見過這麼有身分地位，卻又那樣品行美好且和藹可親的人。他自己是何德何能？竟在她的面前講過兩次道，並且蒙她垂愛。同時凱瑟琳夫人也勸他及早結婚，因此他要開始愼重地選擇伴侶了。

班奈特太太說：「我猜她一定是個雍容華貴的女人，不是一般貴夫人能比的。她就住在你家附近嗎？」

「寒舍跟夫人住的羅琴茲花園，僅隔了一條巷子。」

「你是說她是個寡婦嗎？她還有其他家屬嗎？」

「她只有一個女兒。」

班奈特太太搖了搖頭：「唉，眞是好福氣，她是怎樣的一位小姐。漂亮嗎？」

「不錯，小姐的確長得很美麗，眉清目秀的，一看就知道出身不凡。她原本可以更多才多藝的，只可惜身體不好，無法進修，否則她的各項才華一定能達到登峰造極的地步。」

「她去過皇宮嗎？我好像沒有聽過她的名字。」

「她的身體太單薄，無法到倫敦去。就如我跟凱瑟琳夫人說的，這讓英國宮廷少了一件最美麗的裝飾。她聽了覺得很窩心，你們可以想像，不管身在何處，我都不會吝於說幾句令人開心的讚美詞，讓那些太太小姐們高興。我跟凱瑟琳夫人說過，她那美麗的小姐是一位天生的公爵夫人，將來不管嫁給哪一位公爵，那位公爵也許並不能爲小姐帶來什麼，但是小姐一定能增添他的光彩呢。哈，這些話讓她聽得滿意極了。」

班奈特先生說：「嗯，果然讓人另眼相看。我可否請教一下，你這種恭維的話，每次都是臨時想到的，還是早就想好了。」

「大多是靠臨場反應。不過有時候我也會先想好一些好聽的話，只要一有機會就拿出來發揮一下，同時切記要說得像眞的一樣。」

班奈特先生這個人的形象可能具體地反映了珍．奧斯汀冷眼笑看世人虛矯的性格。他果然沒猜錯，這位表侄確實如料想中的荒謬。他雖然聽得有趣，但在表面上仍是力持鎭靜，除了偶爾看一下莉琪。五個女兒當中，也只有她能和父親心意相通，所以他們隔著餐桌在眼神交換中，分享了內心的快活。

到了喝茶時間，班奈特先生把客人帶至客廳，神情愉悅地邀請他朗誦點什麼給他的家人聽。柯林斯先生當然馬上就答應了，可是一看到她們拿來的書，他當場嚇得後退，連忙說他從來不讀小說的，還請她們諒解。凱蒂瞪了他一眼，麗迪雅則失聲叫了出來。於是只好另外拿了幾本書來。他精挑細選，最後選了一本佛迪士的講道集，一本十八世紀灌輸婦女陳腐道德的書，麗迪雅當場愣住，等他正經地讀完三頁時，麗迪雅抓住機會打斷他：「媽媽，菲利普姨父是不是眞的要解雇李查德？如果是眞的，佛斯特上校會很樂意。我想明天到布拉東去，順便問他們，丹尼先生什麼時候會從倫敦回來？」琴恩和莉琪都叫麗迪雅閉嘴。柯林斯先生則不悅地放下書本說：「年輕的小姐總是對這些書不感興趣，但這些書卻是眞的爲了她們好而存在的。不過，我也不願意太勉強年輕的表妹們就是了。」

從柯林斯看到小說這一類的書籍，當場嚇得後退的誇張舉動中，珍・奧斯汀趁機透露了當時社會上高帽子紳士對於小說這一文類的偏見，同時作者也認爲這事實上是一種裝腔作勢。她意有所指地點明，女性與小說之間，無論是就創作或閱讀的角度觀之，都有相得益彰的美學效果以供人品賞。因此，在《諾桑覺寺》裡，作者更進一步地拉近了女性與小說的關係：

凱瑟琳與伊莎貝拉之間的友誼，一開始就很熱烈，因而進展得也很迅速。兩人一步步地越來越親密，不久之後，無論她們的朋友還是她們自己，再也見不到還有什麼進一步發展的餘地了，她們相互以教名相稱，總是挽臂而行。跳舞時相互幫著別好拖裙，並且非在一個組裡跳不可。如果早晨下雨，不能享受別的樂趣，那她們也要不顧雨水與泥濘，堅決聚到一起，關在屋裡一起看小說。

英國學者伊恩．瓦特（**Ian Watt**）在《英國小說的興起》一書中暢言珍．奧斯汀將瑞察生與菲爾丁開展的小說形式，發揮得更臻完美境界的著眼點之一，即在於女性小說家日益斐聲於文壇的現象。小說由女性執筆，不僅在數量上逐漸取得優勢，同時瓦特也相信，女性的敏銳觀察力，更適宜處理細膩的人物情感。

珍・奥斯汀在作品裡綰合了閱讀小說與女性情誼兩大主題，以顯示女性面對小說時更明確的立場，以及格外靈活柔軟的陰性書寫特質。珍・奥斯汀說：

是的，看小說，因爲我不想採取小說家通常採取的那種卑鄙的思路行徑，明明自己也在寫小說，卻以輕蔑的態度去詆毀小說。他們與自己不共戴天的敵人串通一氣，對這些作品進行惡語中傷，從不允許自己作品中的女主角看小說。如果有位女主角偶爾拾起一本書，這本書一定乏味至極，女主角一定懷著憎惡的心情翻閱著。

天哪！如果一部小說的女主角不從另一部小說的女主角那裡得到庇護，那她又能指望從何處得到保護和尊重呢？我可不贊成這樣做。

讓那些評論家窮極無聊地去咒罵那些洋溢著豐富想像力的作品吧，讓他們使用那些目前充斥在報章上的種種陳腔濫調去談論每本新小說吧！我們可不要互相背棄，我們是個受到殘害的整體。雖然我們的作品比其他任何文學形式給人們提供了更廣泛、更眞摯的樂趣，但是還沒有任何一種作品遇到如此多的詆毀。由於傲慢、無知或趕時髦的緣故，我們的敵人幾乎和我們的讀者一樣多。有人把《英國史》縮寫成百分之九，有人把米爾頓、波普和普萊爾的幾十行詩，《旁觀者》雜誌的一篇雜文，以及小說家斯特恩作品裡的某一章，拼湊成一個集子加以出版，如此才能受到了上千人的讚頌；然而人們幾乎總是願意詆毀小說家的才華，貶損小說家的辛勞，蔑視那些只以天才、智慧和情趣見長的作品。「我不是小說讀者，很少瀏覽小說。別以爲我常看小說。這對一本小說來說還眞夠不錯的了。」這是人們常用的口頭禪。（《諾桑覺寺》第五章）

「你在讀什麼？小姐！」「哦！只不過是本小說！」小姐答道，一面裝著不感興趣的樣子，或是露出一時羞愧難言的神情，趕忙將書撂下。「這只不過是一些女作家所描寫的上流社會故事，像《西西麗亞》、《卡蜜拉》，或《貝林達》之類的。」

珍·奧斯汀毫不諱言，小說裡承載了有分量的智慧，以及對人性最透澈的理解，並且用千姿百態又恰如其分的方式描述出來，以至處處洋溢著人生的幽默與機智。同時，所有這一切，都選用了最精湛的語言來加以展現。只可惜在她所身處的時代裡，人們總是刻意詆毀這一文類的價值。因此她不無譏諷地說：

假如那位小姐是在看一本《旁觀者》雜誌，而不是在看這種作品，她一定會十分驕傲地把雜誌拿出來，而且說出它的名字！不過，別看那厚厚的一本，這位小姐無論在讀哪一篇，其內容和文體都不可能不使一位情趣高雅的青年人爲之作嘔，這些作品的要害，往往在於描寫一些不可能發生的事件，矯揉造作的人物，以及與活人無關的話題，而且語言常常如此粗劣，使人對於能夠容忍這種語言的時代產生了不良的印象，（《諾桑覺寺》第五章）

《傲慢與偏見》裡，這位矯揉造作、語言粗劣，而又同時輕視小說與女性的柯林斯先生，發現了小姐們對講道集不感興趣之後，便轉身要求班奈特先生跟他玩牌，班奈特先生一口答應了，班奈特太太和她的五個女兒則很有禮貌地跟他道歉，請他原諒麗迪雅。柯林斯先生則請她們不要放在心上，說他一點兒也不怪表妹。解釋過後，便跟班奈特先生移到另一張桌子玩牌去了。

第二天，柯林斯先生正式提出求婚了。因爲他下個星期六就要離開了，況且他也不覺得這有什麼不好意思的，他先是選定了班奈特家最美麗的大女兒琴恩作爲求婚的對象，然而在班奈特太太暗示他，琴恩可能會與賓萊訂婚之後，柯林斯幾乎是毫下費力地隨即退而求其次，將目標放在莉琪的身上。當天吃過早餐後，看到班奈特太太、莉琪和一位小妹妹在一起時，他就說：「班奈特太太，待會兒我想要請令嬡莉琪賞光，有些私人的話想向她談，你不反對吧？」

莉琪驚訝得漲紅了臉，還沒來得及有所反應，班奈特太太已經連忙問答道：「當然可以。我相信莉琪也沒問題——來，凱蒂，我們上樓去。」她收拾起針線，就匆匆走開了。

「媽，我求你別走。柯林斯先生要說的話，任何人都可以聽的。」

「你懂什麼，莉琪。你給我待在這兒不准動。」只見莉琪既惱怒又羞窘，在不便違抗母命的情況下，念頭一轉：這樣私下做個了斷也好。

「不瞞你說，你的謙虛在在添增了你的天生麗質，要是你不這樣稍稍推拖一下，反而就不可愛了。幸得令堂的允許，我對你的好應該表現得很明顯了，相信你一定也心領神會了，或許最好趁我還按捺得住的時候，先讓我表白一下我向你求婚的理由。」

想到柯林斯這種人也會控制不住感情，莉琪只是禁不住想笑。

「首先，我認爲像我這樣生活寬裕的牧師，應當爲全教區樹立一個婚姻的好典範；再者，我相信結婚會促進一個人的幸福；最後，我的女主人經常勸我要早點結婚。親愛的表妹，凱瑟琳夫人對我的照顧，有一天你會親眼看到的。我想，你這樣聰明活潑，她一定會喜歡你。另外，我還要說明一下的是，將來令尊過世，必須由我繼承財產，因此我預備娶他的一個女兒做妻子，不然我會過意不去的。恕我冒昧，你不至於因此討厭我了吧？說到嫁妝，我絕不會向你們家提出什麼要求，因爲我知道，他沒有這個能力。你名下應得的財產，還得等你母親過世後才歸你所有。所以，關於這些問題，我會裝作不知道，結婚以後，我也絕不會翻舊帳的……。」

此刻不打斷他的話，更待何時！

「你太猴急了吧，先生，」她的嗓門大了起來，「別忘了，我根本就還沒答應你呢！謝謝你的讚美，你的求婚使我感到榮幸，可惜我除了拒絕之外，別無他途。」

柯林斯先生揮了揮手說：「年輕的女孩總是這樣，就算心裡想，嘴上也得拒絕。有時甚至還會拒絕個兩、三次。所以，你剛才的話我不會放在心上的，希望不久就能和你走進教堂。」

莉琪嚷道：「老實說，如果世界上眞有那麼詭異的女生，會用自己的幸福去冒險，讓人家一遍又一遍要求，那一定不會是我。我的謝絕肯定是正經的。你不能給我幸福，而且我也絕不能給你什麼幸福，我相信凱瑟琳夫人也一定會這樣認爲的。」

「你不用擔心，我一定會在她面前好好讚美你。」

「柯林斯先生，不管你做什麼都是在白費脣舌。只要你相信我剛剛所說的話，就算是體貼我了。我祝你心想事成。我會拒絕你的求婚，就是爲了不耽誤你的幸福。至於我家裡的事，你也不必感到歉意，將來這棟房子歸你，你大可以當之無愧！」

「我不會怪你這樣說的，女人對男人的求婚起初總是會拒絕的。你的表現正符合女人家天生害羞的微妙心理，謝謝你鼓勵我繼續追求下去。」

莉琪乍聽此話，不免錯愕，「柯林斯先生，你眞是太莫名其妙了。我的話已經說得這麼白了，要是你還覺得這是鼓勵你的話，那我就不知道該怎樣說才能使你死心了。」

「親愛的表妹，請准許我說句不自量力的話，我相信你之所以拒絕我，不過是做做樣子罷了，何以見得呢？因爲我的財產、我的社會地位、我和凱瑟琳夫人以及你府上的親戚關係，都值得你欣然接受，雖然你有許多吸引人之處，但你的財產太少，它不得不把你許多動人的條件都給抵消了。因此我不得不認爲你並非打從心底地拒絕我，而是學一般高貴女性的伎倆，想要欲擒故縱罷了。」

「我向你保證，我絕沒有意思要作弄一位這麼有社會地位的紳士，但願你相信我說的話句句屬實。蒙你抬愛，向我求婚，但要我接受，那是百分之百不可能的。」

柯林斯當場難堪不已，但又不得不裝出風度滿面：「唉，你始終都是這麼可愛！相信只要令尊、令堂出面，你就不會再這樣矜持了。」

柯林斯一再地自欺欺人，莉琪無法再理他。她心想，如果他一定要把她的拒絕看作是有意挑逗，甚至是某種鼓勵，那她就只好去求助於父親了，叫父親不假辭色地謝絕他。柯林斯總不會把她父親的拒絕也看成是一個高貴女性的裝模作樣了吧！

一見莉琪匆忙地上了樓，班奈特太太立刻走進餐廳，熱烈地恭喜柯林斯先生，說他們今後總算是親上加親了。柯林斯先生也快樂地接受了她的祝賀，並把剛才跟莉琪的談話一字不漏地告訴她，他說他有充分的理由相信，表妹的拒絕只不過是她女性嬌羞的天性流露。

但班奈特太太聽了卻嚇了一大跳，當然，要是她的女兒眞是欲迎還拒，那還沒話說，但是她可不敢這麼想。「我馬上去跟她談一談。她是個固執的傻丫頭，不知好歹，讓我教訓教訓她。」

「抱歉，容我插個嘴，」柯林斯先生叫道：「如果她果眞是這樣，那我就不知道她還配不配做我的妻子了，因爲像我這樣有地位的人，結婚當然是爲了追求幸福。但如果她眞的不齒我的求婚，那還是不要勉強得好，否則，對我的幸福又有什麼好處呢？」

班奈特太太驚出一身冷汗，「噢，你誤會了，莉琪不過是彆扭了一點，我馬上去找我先生，這個問題很快就會獲得解決。」

她急忙跑到丈夫那兒去，一走進他的書房就嚷道：「我的好先生，你得勸勸莉琪啊！因爲她竟然拒絕了柯林斯的求婚！要是你不趕快想想辦法，待會兒他就眞的不要莉琪了。」

班奈特先生從書本上抬起眼睛，漠不關心地望著她的臉。「抱歉，你剛剛說什麼？」

「莉琪說不想和柯林斯先生結婚，柯林斯先生也開始說不想再勉強她了。」

「這我有什麼辦法呢？」

「你去找莉琪，就告訴她，你非要她跟他結婚不可。」

「叫她下來吧，我來跟她說。」

於是莉琪被叫進了爸爸的書房。

班奈特先生一見到她就說：「過來，孩子，聽說柯林斯先生向你求婚了，有這回事嗎？」莉琪說是眞有其事。「很好，你拒絕了嗎？」

「我拒絕了。」

「那麼，現在擺在你面前的是一道難題，你得靠自己了。從今天起，你不是和爸爸成爲陌生人，就要和媽媽成爲陌生人了。因爲，要是你不嫁給柯林斯先生，你媽媽就不想再見到你；但是如果你眞的嫁給了他，那我就再也不想見到你了。」

莉琪一聽，不禁笑了出來。可是卻氣壞了班奈特太太。

「你是什麼意思嘛？你不是答應我，要讓她嫁給他的嗎？」

「我的好太太，請你允許我運用自己的方式來處理這件事，好嗎？」

班奈特太太雖然碰了一鼻子灰，仍試圖說服莉琪，而莉琪倒也應付得宜，一會兒認眞嚴肅，一會兒嘻皮笑臉，唯一不變的是她的意志始終如一。

另一方面，柯林斯先生獨自回想求婚遭拒的情景，怎麼也不明白表妹何以會拒絕他。不過一想到她母親一定會罵她，心裡也就平衡多了，因爲她挨罵是活該，大可不必爲她過意不去，

此時，莉琪的手帕交夏綠蒂突然來訪。小妹妹麗迪雅立刻湊近她說道：「你

知道今天發生了什麼事嗎？柯林斯先生向莉琪求婚，但被她一口回絕了。」

她們走進客廳，只見班奈特太太像看到救星一樣，不斷懇求夏綠蒂幫忙她勸勸莉琪。

恰巧大姊琴恩和莉琪走進來，班奈特太太於是說：「你看她一臉不在乎的樣子，好像我們是死對頭似的——莉琪小姐，我老實告訴你，照你這樣死腦筋，你一輩子都別想嫁出去。從今天起，我跟你一刀兩斷，我說得到就做得到。」

她嘮叨個不停，沒有人打斷她的話。最後，柯林斯先生進來了，臉上的表情比平常嚴肅多了。她一見到他，就對女兒說道：「現在我要你們統統安靜，讓柯林斯先生跟我談一會兒。」

莉琪走出去了，琴恩和凱蒂也跟著出去了，只有麗迪雅站在那兒不動，夏綠蒂也沒有走，爲了滿足自己的好奇心，於是她走到窗口，打算偷聽他們的談話。

「唉，柯林斯先生。」

「親愛的班奈特太太，」柯林斯先生說，「我們不要再提這件事了吧！」說到這裡，他流露出非常不悅的口氣，「我相信一切都是命。就算那位美麗的表妹答應了我的求婚，誰又能保證這是眞正的幸福？我收回對令嬡的求婚，希望你別以爲這是對你和班奈特先生的不敬，這一切也許很遺憾，但每個人一生都難免有出差錯的時候。我對這件事始終是眞心誠意的，假使我的態度有什麼不妥之處，就讓我再道個歉吧！」

就這樣結束了一場以求婚爲主題的幽默諷刺劇，與菲爾丁、瑞察生的婚姻小說相較，珍．奧斯汀式的幽默語言，尤其是運用對話來加強人物形塑的喜劇藝術，在在令人印象深刻。始終走不出書房，又百般嘲諷世俗的班奈特先生，頗有一點犬儒的味道，他的喜感伴隨著透視一切的智慧，曖曖生輝，對於女兒們的婚姻與財產繼承問題束手無策，也間接顯現了當時英國的產權制度與女性婚姻之間所存在的問題。

而班奈特太太與柯林斯先生則構成了《傲慢與偏見》裡的一對絕佳的喜劇配角。用佛斯特（E. M. Forster, 1879-1970）的觀點來說，小說，尤其是喜劇小說裡不能沒有這樣的扁形人物，他們的性格形象已經內化成一種定型的姿態，因此每一個人幾乎都可以用一句話描繪殆盡，但是又同時具有人性的深度，這種人物類型的塑造方式，是選取男性或女性身上的兩三種特徵，通常是最顯著的特徵來具體展演，至於其他的特性，則暫不表述，以突顯其性格、形象的典型意義。小說中的班奈特太太知識淺薄，遇到挫折往往向人訴苦，說自己神經衰弱，但是為了讓五名長成的女兒能夠體面風光地出嫁，她也做足了串場的功夫。最明顯的例子是，因為她的穿針引線與刻意撮合，大女兒琴恩才能認識、接近賓萊，而終至結縭。儘管丈夫和女兒們，常常覺得有這樣的妻子或母親很糗，但是如果沒有她，班奈特家的女兒，尤其是最出色的琴恩與莉琪恐怕只能顧影自憐而難以突顯其生命中的美好特質。她就像一張畫布，襯托出家中每一份子的鮮明特色，她將表面上清高瀟脫，實際生活卻施展不開來的班奈特先生、優雅靜美的琴恩、機智爽朗的莉琪，愚蠢大膽的麗迪雅……，連結成一幅生動立體的家庭生活圖景。

同時，扁平人物還有適時為敘事結構確立故事基調的作用，他們公式化的性格與人生，能幫助讀者很快地掌握眼前的場景與人物的關係，特別是隨著情節的開展，對於故事中立體人物的思想歷程將有輔助性的對照效果。如果書中每一個人隨時都在成長與蛻變，都是圓形或立體的形象，那麼讀者便不容易掌握故事的進程。因此引人訕笑的班奈特太太和柯林斯先生，實際上是扮演了敘事支柱的角色，讓故事的發展更穩健。更何況柯林斯先生的求婚記尚未結束，珍・奧斯汀再震餘波，讓盪漾的漣漪層層劃開，使讀者享受到後續意外的喜劇樂趣。

不久之後，班奈特全家都被盧卡斯家邀請去吃飯。莉琪藉著這個機會向夏綠蒂道謝，感謝她這幾天來爲她纏著柯林斯先生。然而夏綠蒂的心意，莉琪是不能完全料想得到的。其實夏綠蒂有意吸引柯林斯先生跟她談話，免得他一直逗留在莉琪身邊。原來這位鄰家大女孩已經到了適婚年齡，但是既沒有錢，人又長得不漂亮，婚姻問題對她來說已經到了燃眉之急的地步。然而在與柯林斯先生相處了一天之後，當晚大家分手時，夏綠蒂幾乎十拿九穩地感覺到，要不是柯林斯先生即將要離開哈德福郡的話，他就是她的了。女性面對意中人時所刻意施展的魅力，以及對於此間情勢的欲擒故縱與直覺判斷等細膩的手腕，唯有同是身爲女性的小說家，才能曲盡其妙。

然而夏綠蒂畢竟只與柯林斯相處了一天，因此還不太了解柯林斯是那種說做就做的冒進人物。第二天一早，柯林斯就想辦法溜出班奈特家，趕到盧卡斯莊園向她求婚。滑稽的是，他走的時候，還一直怕被表妹碰到呢！他感覺得到夏綠蒂對他頗有情意，因此對這件婚事充滿了信心。不過自從上次受挫以來，他已多了幾分謹愼。倒是盧卡斯家很親切地接待了他。盧卡斯小姐爲了自己的婚姻大事，再度動用了她的矯揉心思。她從樓上窗內看見柯林斯走來，連忙到小路上去迎接，還裝出一副不期而遇的樣子。只是她怎麼也沒想到，柯林斯這一次竟是直截了當地準備向她表達濃烈的愛意。

很快地，他們兩人一拍即合，而且雙方都很滿意，他愼重其事地請她擇定良辰吉日，作者不無譏諷地說：雖然這件事還不急在一時，但是盧卡斯小姐的年紀已經大到承擔不起任何風險。她之所以答應他，可以說完全是著眼於他將來要繼承的財產，至於那筆財產何時才能到手？那就得聽天由命了。

盧卡斯夫婦也爽快地答應了，他們本來就沒有什麼嫁妝能給女兒，何況現在還能倒賺一筆呢！盧卡斯太太顯然也是作者嘲諷人生百態的對象之一，她帶著作夢也沒想到的興味，開始估算班奈特先生還有多少年可以活。總之，這件大事使全家人頓時亢奮起來，只有夏綠蒂本人倒是出奇地鎮定。這份鎮定是耐人尋味的，身為年輕女性，她生命中所渴望的愛情，並不少於莉琪，她知道柯林斯先生並不討人喜愛，而且從那些空洞話語中所表達出來的愛一定也是空中樓閣，但她還是選擇了他。雖然她從來都不會對婚姻期待過高，然而結婚終究是每個年輕女孩子的人生目標。珍・奧斯汀在這裡不無悲涼地感嘆道：

許多家境不好而又受過教育洗禮的女子，總是把結婚當作最後的退路，雖然結婚並不代表一定會幸福，但畢竟提供了一張長期飯票，使日後不至於挨餓受凍。

夏綠蒂還有另一層憂慮：莉琪一定會對這門親事感到意外，說不定還會埋怨她呢！如何面對好朋友不屑與質疑的目光？雖然夏綠蒂心意已定，但若莉琪眞要責難起來，還是會令她相當難受。於是她決定親自去班奈特家告知莉琪這件事，並囑咐柯林斯先生回班奈特家吃飯時，不要在家人面前透露半點風聲。其實，要他這種人克制不說，還眞有點難爲他。

當天晚上柯林斯先生提前向大家道別，班奈特太太誠懇地邀他以後再來玩。他回答道：「承蒙邀約，不勝感激，你放心，我一有機會就會再來。」大家都吃了一驚，特別是班奈特先生，他壓根不希望柯林斯再出現，於是說道：「你不怕得罪凱瑟琳夫人嗎？你最好把我們的親戚關係看淡些，少冒那麼大的風險。」

「你的好心，感激不盡，請放心，你馬上就會收到我的謝函，感謝在哈德福郡的這些日子受到你們全家的照顧。也祝表妹們健康，幸福，包括莉琪。」

大家聽到他竟打算很快地再度來訪，個個驚訝不已。班奈特太太還以爲他是打算向她的哪一個小女兒求婚呢！也許她能勸勸瑪麗，他思想方面的堅定或許可以令瑪麗傾心。
不幸到了第二天早上，這個夢想就破滅了。
話說盧卡斯小姐一早就來拜訪，私下對莉琪說出了婚事。
在此之前，莉琪就已經隱約察覺到了一點端倪，只是不確定是不是僅是柯林斯先生的一廂情願。要說夏綠蒂會勾引他，那就像她自己不可能勾引他是一樣的。因此，當她現在親耳聽到這件事時，仍不禁大叫出聲：「和柯林斯先生訂婚！親愛的夏綠蒂，有沒有搞錯？」
盧卡斯小姐聽見這近乎責備的質問，從容的臉色亦變得難堪，幸好這是意料中事，所以立刻就恢復了常態說：「有那麼嚴重嗎？柯林斯先生雖沒有得到你的好感，難道就不能得到別的女人的賞識嗎？」
莉琪這才鎮定下來，並用一種肯定的語氣祝福他們百年好合，永遠幸福。
「我知道你在想什麼，你一定覺得很奇怪，因爲不久前，柯林斯先生才向你求婚，但轉眼就……。可是，只要你仔細想想，你就會認同我的做法了。你知道我不是個浪漫的人，我只希望有一個舒服安穩的家。柯林斯先生的背景和身分，讓我覺得他能給我幸福，而這份幸福應該不下於一般人結婚時所能擁有的幸福吧！」

莉琪心平氣和地說：「當然。」

接下來的時光有些尷尬。不久，夏綠蒂就走了。

莉琪獨自思索了整個過程。這樣的結合，令她心酸。柯林斯先生三天內對兩個不同的對象求婚，已經夠令人咋舌了！竟有人眞的答應他，那就更是空前絕後了！她一向知道，夏綠蒂的人生觀和她並不很一致，但仍然想不到，她竟然會選擇放棄堅持自我的品味，而來屈就這所謂世俗的幸福，她不僅爲夏綠蒂的自貶身價感到難過，而且她還十分傷感地斷定，夏綠蒂這樣做，是不可能如她所願地得到幸福的。

柯林斯先生與後來出現的凱瑟琳夫人，在形象上雖然有點誇張，連續求婚的喜劇在莉琪的眼中，簡直成了鬧劇，而英國小說家毛姆（W. S. Maugham, 1874-

1965）卻依然稱許這樣的筆法：

喜劇用比較燦爛的觀點來看人生，但比日常人生冷一點，而鬧劇的誇張筆觸往往沒什麼害處。小心添加鬧劇成分，就像草莓撒上一撮鹽，很可能使喜劇更加可口。（宋碧雲譯，二〇〇一）

這齣連環求婚記雖然荒謬，卻同時透顯出人生的悲哀，這也是珍．奧斯汀的文學比前代作品更爲深刻的地方。作者對她所身處的時代裡，許多青春女子葬身在沒有愛情的婚姻裡，寄予無限感傷。比起菲爾丁與瑞察生等現實主義巨匠，在婚姻問題上對父親威權的片面性批判，珍．奧斯汀的著眼點則更準確無疑地落在女性自身的困境上，至於她筆下愚騃的母親與犬儒心態的父親，則比前輩大師所塑造出來的粗暴與陰冷的父親形象，以及沒有感情的母親角色，還多了幾分眞實的生活況味。

許多評論者面對《傲慢與偏見》的結構，往往將之分析為四條情侶的平行發展路線，分別為：琴恩與賓萊，莉琪與達西、夏綠蒂與柯林斯，以及麗迪雅與威克漢，這四條敘事主線又可分為前後兩組，以對照出婚姻中的愛情質素，顯示了作者所亟呼的：沒有愛情，千萬不要結婚的浪漫觀點。如果再與《理性與感性》的兩組三角關係相呼應，則可見珍．奥斯汀早期創作在敘事結構上的繁複多樣與精深細緻，除了這個欣賞角度以外，如果我們能從「求婚的喜劇」這個局部視角來進一步細賞《傲慢與偏見》，那會使我們見到珍．奥斯汀在同樣或類似題材上的重複書寫過程裡，同中求異的精雕細琢，以及一山還有一山高的層層超越境界。

* * * * * *

為了表現一場劇力萬鈞的達西先生向莉琪小姐求婚而遭拒的大戲，作者不辭筆墨地作了詳盡的鋪墊，以烘托出這篇英國文學史上屬一屬二的上乘喜劇藝術。首先，從新進的鄰居賓萊先生，以及他所舉辦的舞會談起，據說賓萊先生不僅儀表堂堂，而且待人親切有禮，最重要的是，這次的舞會他還請了一大群嘉賓參加。要知道，跳舞是談情說愛的前奏，誰不想在這場舞會中得到賓萊先生的好感呢？

「不管是誰，只要我們其中一個女兒能在尼日斐莊園裡幸福成家，」班奈特太太對她先生說：「而其他幾個也找到像這樣的對象，那麼我今生就沒有遺憾了。」

針對班奈特先生對新鄰居的禮貌性拜會，幾天後，賓萊先生前來回拜班奈特先生，說他早就耳聞班奈特家的幾位女兒皆年輕美貌，所以想一睹她們的風采，但是到頭來他只見到了她們的父親。倒是小姐們早已從樓上的窗口把他瞧得一清二楚。

班奈特家不久便盛情邀請賓萊先生前來晚宴。班奈特太太尤其打算趁此機會牢牢抓住他的胃。可是不巧，賓萊先生第二天非去倫敦不可，所以他們這番盛情美意的邀請，他只能心領了。班奈特太太心想，他才剛來此地，怎麼就要離開？照理說，他應該在尼日斐莊園定居下來才對，難道他一向都是這樣飄泊不定？外面傳說賓萊先生這次將從倫敦帶來七位男士與十二位女士參加舞會。小姐們一聽到這消息，不禁憂心起來。幸好舞會的前一天，賓萊先生並沒有眞的帶來十二位女賓，只帶了六位，其中五位是他的親姊妹，一位是表姊妹。

賓萊先生的姊妹們雖然個個姿態優雅，大方得體，但是他的朋友達西先生卻更有一股難以言喻的氣質與魅力，以至於他一現身就立刻吸引起了全場的目光。他魁梧俊挺，舉止高雅，進場不到五分鐘，大家便開始交頭接耳說他年收入高達一萬英鎊！於是大家都用豔羨的眼光看著他，然而，人們也漸漸發現他爲人相當傲慢自大，目下無塵。一旦感受到這一點，那只爲他一人發光的場面，不知怎地忽然黯淡了下來。

賓萊先生則是非常滿意這次的舞會，唯一的遺憾是散得太早，因此他說要在尼日斐莊園再辦一次舞會。他的一言一行都給人好感，跟他的朋友比起來，簡直是天壤之別！達西先生沒跳幾支舞，大部分時間都在屋子里踱來踱去，偶爾和自己人說說話，有人要爲他介紹舞伴，他一律婉謝。對他最覺反感的是班奈特太太，因爲他得罪了一個人……。

由於女多男少，莉琪不得不偶爾受到冷落，而這位達西先生就站在她身旁。當賓萊先生特地前來邀他這位朋友也下場去跳舞時，兩個人的談話不小心被她偷聽到了。

「來吧，達西，」賓萊說：「你非跳舞不可，我不想看到你一個人這麼呆呆地站在這兒。」

「你知道我從來就討厭跳舞，除非跟熟人跳，而你的姊妹現在都有舞伴了。」

「這麼挑剔！」賓萊說：「那不是跟自己過不去嗎？你瞧，那邊幾位不是很漂亮嗎？」

「你當然會這麼說，在場唯一算得上漂亮的女孩正在跟你跳舞啊！」達西先生一面說，一面望著琴恩。

「她的妹妹就在你後面，她也很不錯呀，我請我的舞伴幫你倆介紹一下，如何？」

「你說的是哪一位？」他轉過身，看了一下莉琪，然後收回目光，淡淡地說：「她，還可以，只是還沒有漂亮到足以打動我。恕我沒必要去抬舉那些被人冷落的小姐。」

等賓萊先生走了，達西先生也走了，莉琪依舊坐在那裡，她對達西先生實在沒什麼好印象，不過她卻興味盎然地把這段不小心聽來的話講給她的朋友夏綠蒂聽。

這個晚上班奈特全家都過得很愉快。賓萊先生連邀琴恩跳了兩次舞，班奈特太太看了好高興！

琴恩跟她母親一樣開心，只不過沒有像她母親那樣得意忘形罷了。母女們高高高興興地回到家，見班奈特先生還沒睡，其實他很想知道這場盛會的經過情形，而且原本以爲他太太一定會滿腹牢騷，結果他卻發覺事情並非如此。

「今天晚上太有意思了！可惜你沒去，你不知道琴恩多受歡迎啊！賓萊先生對她驚豔不已，和她連跳了兩支舞呢！你想想，全場那麼多女孩，就只有琴恩一個人被他邀請了兩次。他第一支舞是和盧卡斯小姐跳，不過，我想他對她沒有半點意思，當琴恩出現在舞池時，他整個人簡直目瞪口呆了。只見他到處打聽她的姓名，請人介紹，然後邀她跳下一支舞。他第三支舞是跟珍凱小姐跳，然後是跟瑪麗亞小姐跳，然後又跟琴恩跳，第六支是跟莉琪跳……。」

「天啊，」她的丈夫終於忍不住了，「夠了沒？但願他第一支舞就扭傷了腳！」

班奈特太太依然不停地說：「這年輕人長得太帥了！我眞是喜歡他，他的姊妹也都討人喜歡。我從沒有看過比她們更講究衣飾的人了，我敢說……。」

她說的話又被打斷了。班奈特先生不想聽人家談到衣飾。因此她只好另闢話題，於是就談起了達西先生目中無人的傲慢態度來，說到氣憤處，她也故不得措詞尖酸刻薄，而且描述近乎誇張。

「不過我可以告訴你，」她認眞地說：「雖然他看不上莉琪，但對莉琪來說也沒什麼損失，因爲他本身就沒給人好感，那麼不可一世，還眞以爲自己多了不起似的，竟嫌人家長得不夠標緻，不配跟他跳舞呢！要是你在現場的話，我想你一定會好好兒教訓他一頓。」

幾天後，琴恩收到尼日斐莊園賓萊小姐們美麗的邀請函，班奈特太太看出天候不佳，於是讓女兒騎馬赴約，滿心以爲一旦大雨不止，而琴恩又沒有馬車，屆時便不得不留宿莊園，如此一來，更增加了與賓萊先生相處的機會，可是人算不如天算，琴恩還沒走到尼日斐莊園，就在途中淋了一場大雨，到了莊園隨即得了一場重感冒。莉琪爲了維護自家的尊嚴，不讓賓萊家人看笑話，也爲了照顧姊姊，單獨跋涉到了尼日斐莊園，卻不期然在此與賓萊小姐、達西先生展開了一場話鋒引人入勝的鬥智好戲。

晚餐時，大家不約而同問起琴恩的病情，尤其是賓萊先生問得特別詳細。這讓莉琪很高興，只可惜琴恩的病情仍沒好轉，因此她無法給賓萊一個滿意的回答。賓萊的姊姊與妹妹聽說琴恩還未痊癒，也一再地述說她們的擔憂，可是說歸說，表情卻不是這麼一回事。看得出琴恩不在場時，她們是如何地冷漠，莉琪本來就討厭她們，現在更不屑理她們了。

確實，她們這家人只有賓萊先生是眞心關懷琴恩的，而且，他對莉琪也極爲友好，除了他之外，別人都不大理睬她。

莉琪吃過晚餐，就回到琴恩房裡。她才一走，賓萊小姐們就開始數落她的不是，說她既傲慢又不懂禮貌，而且外貌奇醜，姊姊休斯特太太甚至惡毒地說：「她除了很會走路外，還會什麼？看看她早上的那副樣子，根本就像個瘋子。」

「就是嘛！姊姊不過是一點小感冒，幹麼要那麼大驚小怪地跑過整個村莊？弄得那麼邋遢！」

「還有，你看到沒？她的裙襬上面足足濺了六吋厚的泥，就算把外裙放下也遮不住。」

賓萊先生說：「我倒覺得班奈特小姐今天早上走進屋裡時，表現出的神情風度滿不錯的。我並沒有看到她弄髒了的裙襬。」

「你看到了吧，達西先生，」賓萊小姐說：「我想，你一定不願意看到自己的親人弄成那樣吧？」

「當然。」

「無緣無故走了那麼遠的路，而且是一個人！她在幹麼呀？眞是沒有家教！」

賓萊先生說：「那正說明了她們姊妹情深。」

賓萊小姐沒好氣地說：「達西先生，這樣冒失的行爲，會不會影響到你對她那雙美麗眼睛的愛慕呢？」

「哦！不，因爲跑了這趟路，她那雙眼睛反而更加明亮迷人了。」他說完這句話，現場稍微沉默了一會兒，然後休斯特太太又說話了，「我非常關心琴恩，因爲她眞的不錯，我誠心希望她能攀上這門親事。可惜她有那樣的父母，加上那些不入流的親戚，我怕她是沒什麼指望了。」

賓萊先生沒有理睬這句話，他的姊妹於是更加肆無忌憚地拿班奈特小姐的親戚大開玩笑。

不過當她們來到琴恩房間，態度馬上一百八十度大轉變，不但噓寒問暖，還一直陪她坐到喝咖啡的時間。琴恩的病仍不見好轉，莉琪一直守到黃昏，看她睡著了，才覺得自己應該到樓下去一趟。走進客廳，看見大家正在玩牌。他們客氣地邀她一起玩，但她婉謝了，推說有本書看看即可。休斯特先生驚奇地看著她。

「你不玩牌而只想看書？」他說：「眞是少見。」

賓萊小姐說：「莉琪才瞧不起玩牌這玩意兒呢，她可是個了不起的讀書人啊！」

莉琪回道：「無論你這是誇獎或是責備，我都不敢當，我並不是什麼了不起的讀書人。」

賓萊先生說：「我想你是很樂意照料琴恩的，但願她早日康復，那你就會更快活了。」

莉琪打從心裡感謝他。就在同時，他還親自到書房拿了一些書給她。

「要是我的藏書多一點就好了。」

莉琪已經很滿意了。

這時賓萊小姐問達西：「達西小姐長高了吧？她將來會像我這麼高嗎？」

「我想會吧，她現在大概有莉琪那麼高了，恐怕還要高一點。」

「我眞想見見她！從來沒見過像她這樣外貌好又懂禮貌，小小年紀就那麼多才多藝的女孩。」賓萊小姐將話題引到達西的妹妹身上，希望藉此一方面討好，拉攏達西；一方面也挫傷班奈特家姊妹的銳氣，畢竟她的最終目的是爲了撮合自己與達西先生，以及哥哥與達西小姐兩對姻緣，是故對於橫阻其間的班奈特家姊妹有著深深的忌恨。這一點，她的哥哥卻始終渾然未覺。

因此賓萊先生天眞地說：「我很好奇，這些女孩怎麼一個個都那麼有本事啊！」

「親愛的查爾斯，你這話是什麼意思呀？」

「你看，她們每個人不是會裝飾桌巾，就是會編織錢袋。我還沒見過哪一位不是樣樣都會的。」

達西說：「雖然許多女人只靠這些，就能享有多才多藝的美名，但是我卻不能認同你的想法。我認識很多女人，而眞正多才多藝的卻少之又少。」

莉琪說：「那麼，一個多才多藝的婦女，應該具備很多條件囉？」

「沒錯。」

「哦！當然，」他的忠實助講員賓萊小姐又叫了起來，「一個女人必須精通音樂、歌唱、繪畫、舞蹈、法文、德文，那才算名副其實的才女。另外，她的儀態和表情，都必須風趣而得體，否則就不夠資格。」

達西接著說：「除了這些，還應該多讀些書，有點眞才實學才行。」

「怪不得你說認識的才女不多，我現在懷疑你連一個也不認識呢！」莉琪笑道。

「你怎麼對你們女人這麼沒信心，竟然認爲沒有人能具備這些條件！」

「因爲我從來就沒有見過這樣的女人，有才幹，有情趣，又好學，而且還儀態優雅。」

休斯特太太和賓萊小姐馬上反駁說她們就知道有很多女人都夠得上這些條件，直到休斯特先生叫她們好好打牌，她們才安靜下來，沒多久莉琪也離開了。然而女人間的勾心鬥角卻未因此暫歇。

她一走，賓萊小姐隨即故意說：「有些女人爲了自抬身價，往往在男人面前說別的女人的不是，莉琪就是這樣的人。這種手段或許有效，但我認爲這是個很不入流的方法，一種卑鄙的手段。」

達西聽出她這幾句話是說給他聽的，於是暗中反將一軍，連忙回答道：「女人爲了勾引男人，有時是會不擇手段，使用心機，反正都是卑鄙，任何帶有狡詐成分的做法，都應該受到輕蔑。」

賓萊小姐聽了這話，也就沒有興致再談下去了。

這些表面上守分際、識大體的對話中，處處夾藏著人物之間互相譏諷與排擠的意圖，同時也展露出各人的思想性格特徵。忠厚的賓萊先生和他虛僞的姊妹們，形成了強烈的對比，前者表裡如一，後者言不由衷。而達西始終冷眼旁觀的態度，則顯示出他公平客觀的做人原則，以及透視莉琪與賓萊兩位小姐的準確眼光。從舞會後他發現莉琪有一雙漂亮的眼睛，以至於莉琪繞過整個村莊前來照顧姊姊，達西開始對這位班奈特家二小姐的內外兼修，有了進一步的認識。同時，班奈特家的姊妹和賓萊家的姊妹，在做人態度上又形成了鮮明的對照，而達西最後回應賓萊小姐的一段話，表面上聽起來中規中矩，實際上則是對賓萊小姐的刻薄提出警告，顯示達西雖然在性格上存在著傲慢，甚至於有些偏見，但是他能夠隨著對人、事、物的愈趨了解，而逐漸修正自己的看法，依照佛斯特在《小說面面觀》裡將人物區分爲「扁形人物」與「圓形人物」的觀點來看，達西先生屬於生命歷程會隨著經驗的累積而逐漸發展、成長，甚而臻至圓熟的立體或圓形人物。至於達西面對感情時的拘謹與內斂，則又與賓萊自然誠懇、熱情大方的表現迥異，形成《傲慢與偏見》裡，男性形象的雙璧。

接下來琴恩的病情不減反增，賓萊先生難過得要命，他的姊妹們也都「表現」得非常擔憂。晚餐後，她倆只好合唱幾首歌來消除煩悶，而賓萊先生因爲想不出其他辦法來稍解焦慮，便只有叮嚀女管家好好照顧班奈特的姊妹了。

第二天一早，莉琪派人送信回家，要媽媽來看大姊。沒多久，班奈特太太便帶著最小的兩個女兒來到尼日斐莊圖。

要是班奈特太太發現琴恩的病很嚴重，那她一定會很傷心，但是她一看到琴恩的病並沒什麼大不了，也就放心了，她不希望琴恩那麼快就復元，因爲一旦復元，她就必須要離開尼日斐莊園了。班奈特太太陪琴恩坐了一會兒，賓萊小姐隨即過來請她過去吃早餐。賓萊先生已在餐廳等著迎接她們，並希望班奈特太太不要太掛心。

班奈特太太說：「先生，她病得太重了，根本無法移動。只有請你們多照顧她幾天了。」

「移動！」賓萊叫道：「絕對不行！我相信我妹妹絕不會讓她走的。」

賓萊小姐很有禮貌地說：「請放心，班奈特小姐在這兒，我們會像家人一樣地照顧她。」

班奈特太太連聲道謝：「要不是有你們的照顧，我眞不知道她會怎麼樣。好在她很有耐性，又溫柔體貼，我常常跟她的幾個妹妹說，她們比起她來實在差得太遠了。賓萊先生，你這棟房子很不錯呢，在這個村子裡，我還沒有見過哪個地方比得上尼日斐莊園的。雖然你的租期很短，但我希望你可不要急著搬走喲！」

賓萊先生說：「目前我打算暫時住在這兒。」

「哈，我猜對了！」莉琪說。

賓萊馬上轉過身去問她：「是嗎？」

「是啊，我很了解你。」

「但願你這句話是在恭維我。不過，這麼容易就被人看透，那是不是很可憐呢？」

「那得視情況而定，一個深沉複雜的人，未必比你更難令人捉摸。」她的母親連忙說道：「莉琪，別忘了你是客人，別說了。」

「我倒不知道你對人的性格有研究。」賓萊說。

「沒錯，這世上最有趣的就是研究複雜的性格。」對於一位熱衷於刻畫人物內心世界，尤其是探索女性細膩心思的作家而言，觀察周遭的人物性格，就像是迷人的海盜尋寶遊戲，使珍・奧斯汀終身樂此不疲！

達西開口說：「一般而言，鄉下人可以作爲研究的對象就很少。」

然而莉琪卻認爲：「其實一個人本身的變數很多，他們身上不斷會有新的東西值得你去留意。」

班奈特太太剛才聽到達西以那樣的口氣提到鄉下，不禁動了肝火，「說得好，鄉下有趣的事情才不比城裡少呢！」

達西朝她望了一眼便靜靜地走開了。班奈特太太自以爲占了上風，不禁得意地繼續說：「我覺得倫敦除了商店和公共場所以外，其他地方根本比不上鄉下，不是嗎？賓萊先生。」

只不過對於樂觀天眞，沒有任何心眼的賓萊先生而言，「鄉下和城市各有各的好處，我這個人住在哪兒都一樣快樂。」他很坦然地回答。這是一個典型的「扁形人物」，絕大部分時候可以用一句話來概括他的人生立場。

「那是因爲你的脾氣好。可是那位先生……」她說到這裡，朝達西望了一眼。

「媽，你弄錯了，」莉琪話才出口，她母親就臉紅了。「達西先生只不過是說，鄉下不像城裡有各式各樣的人而已。」

「當然囉，若說這個村莊還碰不到什麼人，我相信比這大一點的村莊也沒有幾個了。」

要不是爲了顧全莉琪的面子，賓萊差點兒就要笑出來了。莉琪爲了找藉口轉移她母親的話題，就問夏綠蒂有沒有來訪。

「嗯，她是在昨天跟她父親一塊兒來的。盧卡斯爵士眞是個不錯的人，這就是我所謂的教養。那些沉默是金的人，他們的想法可就大錯特錯了。」莉琪的母親依然自以爲是地找機會反擊達西。同時也想在賓萊面前推銷自己的大女兒。

「夏綠蒂在我們家吃飯嗎？」

「沒有，她硬是要回去。我想，大概她家裡在等她回去做飯吧！盧卡斯家的幾個女孩都還不錯，只可惜長得不漂亮！當然，我並不是說夏綠蒂長得難看，畢竟她是我們的好朋友。」

「她是個滿可愛的女孩嘛！」賓萊說。

「是呀，可是你不得不承認，她的長相眞的不是很好看。盧卡斯太太本人也那麼說，她還羨慕我們琴恩長得漂亮呢！我並不是愛說自己的孩子怎麼樣，可是說實話，比琴恩長得好看的女孩實在不多見，她十五歲那年，我帶她到倫敦去拜訪我弟弟，當時有位先生就愛上了她，我的弟妹還打賭那位先生一定會在臨走以前向她求婚。不過後來沒有，也許是他認爲她年紀還太小了吧！但他卻爲琴恩寫了一些詩。」

「那位先生的戀曲就這樣結束了，」莉琪嘆息地說：「唉，多少有情人都是這樣讓自己撐過來的，詩居然有這種功能——能夠趕走愛情，替代愛情，不知道是誰發明的！」

「我卻認爲，詩是愛情的食糧。」達西說。

「那必須愛情本身是優美、忠貞、健康的才行。不然，如果只是一點徵兆，那麼我相信，一首十四行詩就會把它活生生地斷送掉。」

達西只是笑笑，大家也都沉默了。對於珍・奧斯汀而言，在這個世界上，最精深、美妙、動人的文體，無疑是小說。具有類似觀念的後代英國女作家維吉妮亞・吳爾芙則進一步鼓勵讀者：「我們尤其應該在敘述戛然而止、由對話取而代之的地方尋找這種美。」然而對於「詩」，這一對英國文學史上亮麗的雙姝則同樣保持了驚奇與慨嘆等多重視角，而始終未敢吐露一個失敬的字眼。

接下來莉琪心裡有些著急，深怕她母親又要出洋相了。她想說點什麼，可是又不知該說什麼。一會兒後，班奈特太太又向賓萊先生道謝，這次琴恩幸好有他照顧得這麼周到，同時莉琪也來麻煩他。賓萊先生則應答得非常懇切有禮，連帶使得賓萊小姐們也不得不說些體面的話來應酬。儘管她們說話的態度十分不自然，可是班奈特太太已經很滿意了。

就在班奈特太太吩咐準備馬車時，只見麗迪雅跑上前來，大膽地要求賓萊先生兌現他剛到鄉下時的承諾——在尼日斐莊園再辦一次舞會。

麗迪雅是個發育良好的女孩，今年才十五歲，皮膚細嫩，笑口常開，是班奈特太太的掌上明珠，她生性好動，不知進退，加上她們的姨丈邀請了一些軍官到家裡來玩，那些軍官每每見她頗有幾分風情，都願意與她搭訕，使得她在言行舉止上更加驕縱了。因此她就理所當然地覺得自己有資格向賓萊先生提出開舞會的事，並唐突地提醒他曾許下的諾言，賓萊先生對她這突如其來的要求，倒也回答得很得體。

「我向你保證，我一定會實踐我的諾言。等你大姊病好了，隨你選個日期吧！」

「好極了！等琴恩病好了，到那時候卡特上尉也許又會回到布拉東了，等你開過舞會以後，我非要他們也開一次不可！」

班奈特太太帶著兩個女兒走後，莉琪隨即回到琴恩身邊，根本不想去理會賓萊家的兩位小姐怎樣在背後批評她跟她的家人，莉琪回房後，儘管賓萊小姐盡情地拿她那雙美麗的眼睛開玩笑，達西先生卻從頭到尾都不參與她們對莉琪的調侃，或許他這時內心正入交戰，像莉琪這般靈巧動人的女子，卻有如此不堪的家人，究竟他應該無視於這些親屬的存在，而大膽地向她示愛？抑或是及時懸崖勒馬，在這段戀曲開啟之前，親手埋葬它？

作者將班奈特太太放在賓萊先生與達西先生兩面鏡子前，照映出她的粗俗、魯莽與無知，加上麗迪雅的驕縱與放蕩，使我們擔憂起在門第觀念深重，並講究體面的古典鄉村仕紳階層裡，這對母女將是賓萊與琴恩、達西與莉琪（尤其是後者）感情發展過程中意外的變數。這裡面或許還隱含著階級意識的衝突，莉琪是個缺少妝奩，又自尊心很強的女孩；達西則是高貴的望族之後。這層階級鴻溝，恐怕更助長了兩人對自己家世背景的傲慢，以及戴著偏見的眼鏡去看待對方的出身。然而無論如何，達西與莉琪第一次就愛情與詩的話題，輕輕地過了一招，達西先生的微笑與沉默，說明了他很同意莉琪重視眞感情的一面。

不久之後，琴恩逐漸痊癒，可以走出房門了。那一天，在男客還沒進來之前，每個人看到病癒的琴恩都顯得非常和藹可親，這眞是出乎莉琪的意料。她們誇讚舞會的修辭，詳細而精采，說起家常故事來，也妙趣橫生，就連嘲笑朋友的話亦無不唱作俱佳。

可是男客一進來後，琴恩就不怎麼令她們注目了。尤其達西一進門，賓萊小姐的眼睛立刻轉了方向。達西先向琴恩問好，祝賀她玉體康復。休斯特先生也對她微微一鞠躬，但是他們都比不上賓萊先生那深情意切的問候。琴恩順從賓萊的話，移到火爐邊去，這樣她就可以離門口遠一些，以免再度受涼。他在她身旁坐下，專心地跟她說話，莉琪選擇他們對面的角落坐下，手裡做著針線，而姊姊與賓萊的甜蜜則盡入眼底，心裡眞感到無限欣喜。

喝過茶以後，休斯特先生無事可做，一個人躺在沙發上打瞌睡，達西拿起一本書來，賓萊小姐也拿起一本書來。休斯特太太則聚精會神地玩弄自己的手鐲和戒指，偶爾也在她弟弟跟琴恩的對話中插幾句話。

賓萊小姐雖然在看書，但注意力卻一直在達西身上。她總是沒有辦法逗他說話，書也就愈讀愈疲憊，不禁打了個呵欠，「這樣的晚上，眞是愉快啊！這世上，什麼消遣都比不上讀書來得有樂趣。將來有一天我自己有了家，要是沒有很好的書房，那多遺憾啊！」身爲讀者的人們，如何能夠不爲這一段反諷賓萊小姐的幽默雋語，在心底發出一抹會心的微笑？

這樣的裝模作樣，當然沒有人會理睬她，於是她又打了個呵欠，這時她忽然聽見賓萊先生跟班奈特小姐說要開舞會，她就插嘴說：「查爾斯，我勸你最好還是先問一下在場朋友的意見再決定吧！他們不是有人覺得跳舞是受罪嗎？」

「你是指達西？」她的哥哥說：「他可以在舞會開始前就去睡覺，但舞會是非開不可了。」

賓萊小姐說：「要是舞會能變換一下，譬如用談話來代替跳舞，那一定很有意思。」

「卡洛琳，那還像舞會嗎？」

賓萊小姐不置一辭。不久，她站起身來，在房間裡走來走去，甚至故意在達西面前賣弄她優雅的身姿，但達西只顧著看書，令她枉費心機。失望之餘，她轉身對莉琪說：「坐那麼久，走動一下可以提振精神的。」賓萊小姐明白，此時唯有莉琪才能轉移達西的目光。這一點，純屬於女性特有的直覺與細膩的心思，賓萊先生也許一輩子無從理解，甚至連當事人達西恐怕也還未意識到自己正踏上愛之途了。

莉琪一陣訝異，可是仍順從了她，起身陪她走路。賓萊小姐的目的終於得逞了，達西先生果然抬起頭來。兩位小姐請他一塊兒走走，他卻又婉謝了，並語帶玄機地說，她們之所以要在屋子裡走來走去，不出兩個動機。賓萊小姐一頭霧水，就問莉琪什麼意思。

莉琪回答道：「不懂，他八成是存心刁難我們。不要理他，讓他挫折一下。」

可惜賓萊小姐不忍心讓達西先生失望，便央求他把他所謂的兩個動機解釋一下。

於是達西說：「是這樣的，你們本是好朋友，所以選擇這個方式來打發時間，順便談談知心話，不然就是你們自以爲走起路來，體態顯得特別優雅，所以才想散步。如果是出於第一個動機，我跟你們在一起就會打擾到你們；如果是出於第二個動機，那麼，我坐在這裡就可以好好欣賞你們了。」

「你看他說的是什麼！」賓萊小姐叫了起來，「該罰！」

「那還不容易，」莉琪說：「他取笑我們，我們就把他取笑回來，你們這麼熟，應該知道怎麼對付他吧！」

「天曉得！想要嘲弄像他這麼冷靜的人，可不容易呢！我想我們是鬥不過他的。我們如果想譏笑他，搞不好反被他當成笑話了。沒辦法只好讓他一個人去得意吧。」

「原來達西是不能讓人取笑的！」莉琪嚷道：「這樣優秀的人，我希望不要再多幾個了，不然，我的損失可大啦！因為我最愛開玩笑了！」

達西先生說：「要是一個人把開玩笑當作人生大事，那麼，最聰明最優秀的人——不，最聰明最優秀的行為——也可以拿來取笑了。」

「那當然，」莉琪回答道：「但希望我不屬於那種人。我希望自己再怎樣，也不至於去嘲笑聰明的行為或是良好的舉止。但愚蠢、乏味、荒謬和矛盾的事，總會讓我忍不住發笑。我承認，如果可能，我一定會去嘲笑的。不過我覺得你並沒有這些缺點。」珍・奧斯汀誠然是一位自覺的喜劇藝術家，她再度藉著女主角莉琪的話來表明自己的想法，在她的小說中從來不見說教的成分，卻總是寓教於樂，讓讀者從書中那些滑稽可笑、自相矛盾的人物行止中得到閱讀的樂趣，以及諸般人性問題的啟迪。

面對莉琪的讚許，達西愼重地說道：「也許誰都不會有這些缺點，不然就糟了，再聰明也要被人嘲笑了。我這一生都在留意該怎麼避免這些缺點。」

「譬如虛榮和傲慢就是這一類的缺點。」

「對，虛榮是缺點。可是傲慢，只要是眞的聰明絕頂——傲慢就會變得比較爲人所理解。」

莉琪對自己嘲諷了達西一下，覺得很得意，但她立刻轉過頭去，免得被人看見她在笑。

「你檢討達西先生檢討完了吧，」賓萊小姐不耐煩了：「請問結論是什麼？」

「我承認達西先生沒有絲毫缺點，他自己也承認了。」

「不，」達西說，「我有太多的毛病，但這些毛病與我的頭腦無關。至於我的個性，我在待人處世上不太可能委曲求全，因爲別人的愚意和過錯，我總是不容易忘掉。而我的某些情緒，也不容易大而化之、得過且過。我的脾氣是，對某人一旦沒有好感，往後就免談了。」

「這倒眞是個大缺點！」莉琪拉高分貝，「不能息怒，的確是一個缺陷。可是你已夠嚴以律己了，我再也不會嘲笑你了，放心好啦！」

「我深信，不管一個人脾氣怎樣，都沒有辦法到達完美的境界，這是天生的，即使受再好的教育也無法避免。」

「你對任何人都不存好感，這就是你的缺點。」

「而你的缺點呢，」達西笑著回答說：「就是故意去誤解別人。」

賓萊小姐眼看著他們兩情歡恰，談興正濃，這場對話完全容不下她，不禁煩躁起來，於是大聲說道：「我們來聽聽音樂吧，露伊莎，你不怕我吵醒休斯特先生吧！」

她的姊姊根本沒有反對的意思，於是打開了鋼琴蓋。達西想了一下，覺得這樣也好，因爲他也開始感覺到自己對莉琪似乎太親近了些。

莉琪與達西的對話雋永幽默、字字珠璣，彼此在委婉的暗諷中，逐漸建立起相互的理解與好感，只是雙方都還各自抱持著強烈的優越意識，他們潛意識裡渴望被重視與了解，無奈在過分巨大的自我視角下，尚未能夠發覺自己背後的兩道分別叫做傲慢與偏見的陰影。此刻他們僅是各自在孤獨王國裡的國王與王后，優越的在話語中展現自我風采，何時能夠體會放下身段來包容與欣賞對方，到那時愛情自會綻放出迷人的火花。

* * * * *

老天爺是公平的，莉琪有位經常出糗的母親，其實達西也好不到哪兒去，他那位貴夫人姨母，任誰見了都會倒胃。她就是柯林斯表哥口中的富孀鄰居，同時也是任命柯林斯爲教區牧師的凱瑟琳夫人。婚後，柯林斯一家已經有好幾天沒有受到凱瑟琳夫人的邀請了，因爲主人家來了達西先生與威廉上校兩位貴客，而莉琪也在夏綠蒂婚後，受邀來到牧師之家造訪。復活節那天，柯林斯一家又再度獲得凱瑟琳夫人的邀請。當他們到達凱瑟琳夫人家時，她顯得十分客氣，但並不像前陣子請不到別的客人時那樣熱絡。

倒是達西的表弟威廉上校見到他們好像很高興，因爲凱瑟琳夫人家的生活實在很無趣，而且柯林斯太太的那位漂亮朋友——莉琪小姐，令他十分愛慕。他興奮地坐到她身邊去和她談天說地，直到莉琪深深感受到他過分的殷勤爲止。他們談得津津有味，而達西的一雙眼睛則是不斷在他們身上溜轉。過了一會兒，夫人似乎也感受到了這不尋常的熱絡，於是叫道：

「你們在談什麼？說來大家聽聽看。」

「我們在談音樂，姨媽。」威廉被迫地回答了一下。

「談音樂！那怎麼不跟我談呢？我想目前在英國，沒有幾個人像我一樣眞正懂得音樂，我要是下了功夫學，一定會成爲一位名家。安妮要是身體好，也一定會成爲一位名家的。對了，安娜現在學得怎樣啦？」

達西先生很認眞地把自己妹妹的琴藝推崇了一番。

「那就好。我常常告誡年輕的女孩們，想在音樂的領域出人頭地，就一定得經常練習。我告訴過班奈特小姐好幾次，除非她再多下功夫，否則她永遠不會進步。我常對她說，柯林斯太太那裡沒有琴，而我卻很歡迎她每天到我家裡來，彈彈在傑金斯太太房間裡的那架鋼琴。」

達西先生眼見姨媽這樣自大無禮，覺得很丟臉，因此沒有理她。

喝過咖啡，威廉上校提醒莉琪，她剛剛答應過要彈琴給他聽的，於是她就坐到鋼琴旁，他也拖了一把椅子坐在莉琪身邊。凱瑟琳夫人聽到一半，又跟達西談起話來，直到他終於藉機躲開了姨媽，才能稱心如意地走到鋼琴旁邊，聽莉琪彈琴。莉琪看出他的用意，於是停下，回過頭來對他嬌媚一笑。

「達西先生，你這樣走過來聽，莫非是想給我壓力？儘管你妹妹彈得很好，但我也不至於會害怕什麼。」

達西說：「幸虧我認識你很久了，知道你喜歡說一些口是心非的俏皮話。」

莉琪聽到人家這樣形容她，不禁笑了出來，隨後對威廉說道：「你表哥竟在你面前說我口是心非，我本來還想在這裡唬唬人，誰知碰到一個一眼就看穿我的人。眞是的，達西先生，你把我在哈德福郡的德性都說了出來，這不僅不厚道而且不智，因爲我是很容易記恨的，一旦興起報復的念頭，我也會說出你的糗事來看看誰怕誰喲！」

「我才不怕你呢！」他微笑地說。

威廉連忙叫道：「我倒很想知道他跟陌生人在一起是怎樣的態度。」

「我第一次在哈德福郡看見他，是在一個舞會上。他一共只跳了四支舞。雖說男生很少，但他卻只跳了四次，而當時在場的小姐們，因爲沒有舞伴而閒坐在一旁的可不少喲——達西先生，你不能否認有這件事吧！」

「眞遺憾，當時舞會上除了自己人以外，沒有一個女孩是我認識的。」

「沒錯，舞會上是不流行請人家介紹女朋友的。」

達西說：「也許我當時應該請人介紹一下的，可是我又沒資格向陌生人自我推薦。」

「我們要不要問問你表哥啊？」莉琪故意對著威廉上校說話。「問問他，一個受過教育的人，爲什麼不配把自己介紹給陌生人呢？」

威廉說：「我可以直接回答你，那是因爲他怕麻煩。」

達西說：「我是不像某些人那樣有本事，遇到陌生人也能談笑自若，什麼都可以聊。」

莉琪說：「我彈琴的手指不像許多女人那樣靈活，也不像她們彈得那麼有表情、有生命，這是我的缺點，但我從不相信我的手指會不如那些彈奏得比我高明的女人。」

達西笑了笑說：「你說得一點也不錯。可見你表現得很好，只要有幸聽過你彈奏的人，一定都會覺得你幾近完美。我們兩個人可就不會在陌生人面前表演。」

凱瑟琳夫人雖然大呼小叫問他們在談些什麼，莉琪只好重新彈起琴來。凱瑟琳夫人走過來聽了幾分鐘，就對達西說：「班奈特小姐如果能夠找到一位倫敦名師來指點指點，琴藝一定就會進步了。雖說她的水準比不上安妮，可是她也還算懂得指法。安妮要是身體好，又能夠學的話，一定會成為一位演奏家的。」

莉琪望著達西，要看看他聽了夫人對他表妹的誇獎是否會表示贊同，可是當場和事後都看不出他對她有一絲一毫愛憐的跡象。從他對待安妮的整個態度看來，她不禁替賓萊小姐感到安慰，她認為要是賓萊小組跟達西是親戚的話，達西一定比較願意跟她結婚。

莉琪藉由彈琴的手，意有所指地暗示達西先生，向陌生人自我介紹或邀舞，不一定非得手腕靈活不可，最重要的是對自己的人品有自信，怎奈凱瑟琳夫人有意推銷自己的女兒，促成親上加親的婚事，因而藉由貶低莉琪的琴藝來抬高安妮的身價，可惜她的方法與班奈特太太拿夏綠蒂小姐的容貌與自己的大女兒琴恩相比一樣，兩位母親在身分形象上有明顯的貧富差距，然而手法卻同樣拙劣，非但沒有效果，反而讓自己成為笑柄。珍・奧斯汀透視母親的心態與女性的弱點，用諷刺的喜劇手法呈現前後兩段交相輝映的推銷女兒場景，顯示出她對掌握做母親的在心態上的盲點，具有獨到的領會與多變的寫實功力。

* * * * *

不久之後，柯林斯夫婦再度應邀赴凱瑟林夫人府邸，莉琪單獨留在家裡，她把到肯特郡以來所收到的琴恩的信，一封封地拿出來重讀，信上並沒有寫她受了什麼委屈，但莉琪知道賓萊先生與家人突然一夜之間搬離了尼日斐莊園，連一句再見也沒說。可見得達西內心的掙扎，已經使他不得不採取立即的行動來冷卻對莉琪日漸升高的熱戀。於是他與賓萊小姐聯手力勸賓萊先生迅速搬回倫敦，想因此斷絕琴恩與賓萊的交往。琴恩天性善良，以往總是將歡愉的心情躍然紙上。只是眼前這些信中的每一個字，再也找不出這種喜悅的筆調，莉琪只覺得每一句話都流露著不安。想到達西先生曾厚臉皮地誇說，他的專長就是讓人不好受，這使她更深刻地體會到姊姊的痛楚。好在兩個星期後，她就可以回家和琴恩相聚了。

這時，突然門鈴響起，她原以爲是威廉來了，不由得驚訝了一下，但是走進屋來的竟是達西先生，這讓她的情緒又是一陣混亂。他匆匆地問候莉琪，使她不得不也客套地回應幾句，他侷促地坐了幾分鐘，就站起來在屋子裡繞圈子。莉琪一頭霧水，但終究一言未發。沉默了半晌，他忽然激動地走到她跟前說：

「我再也撐不下去了，請讓我告訴你實話，我已無法自拔地愛上你了。」

只見莉琪瞪大了眼睛，紅著臉，滿腹狐疑卻發不出聲音來。他還以爲她是在鼓勵他多講一些，於是敞開胸懷把現在和過去對她的愛戀一股作氣地表達出來。他說得極爲動人，不只是愛情，還有許多其他的感想也都一併說出。他既表示了濃情蜜意，又說了許多傲慢得不可思議的話，例如他覺得自己是在遷就她，特別是關於她的家庭背景，實在使他覺得掙扎……。如此坦承地傾訴，雖然顯得慎重，卻也相對的使他的求婚場面變得很不討喜。

儘管她爲了姊姊的事，對他已沒有好感，但任何女孩子畢竟不可能對一個如此盛情的男子沒有感覺。她體諒到拒絕他之後，將會使他痛苦，因此深感不安，可是他所說的那些話又確實引起了她的憤恨。他說他對她的愛情是那麼一發不可收拾，雖然他一再努力克制，但仍情不自禁。莉琪不由得感嘆：世上怎會有這麼死要面子的人？他希望她能接受他的求婚。莉琪隨即看出，他顯然是自認她會毫無疑問地給他圓滿的回答。他雖然表示自己誠惶誠恐，可是表情上卻是一副十拿九穩的樣子。達西以爲問題只在自己一旦突破了看不起莉琪的家庭這一點心結，他的戀情便可水到渠成，沒想到這種態度反而更加惹火了莉琪。等他講完以後，她就紅著臉說：

「照說，一個人的感激之心是應該有的，也就是說如果我眞的覺得很感激，我現在就應該向你表示謝意。只可惜我沒有這種感覺，因爲我從來就不稀罕你的抬舉，我也從來不願意傷別人的心，就算曾經有，也是出於無心，就讓這件事過去吧！你說以前顧忌太多，所以沒能向我表達好感，那麼，現在經過我這麼明確的態度表態之後，你應該就能不太困難地把這種好感沉澱下來了。」

達西先生本來斜倚在壁爐架上，乍聽此話，氣得臉色當場發青。只見他傾力裝出一副鎮定的樣子，那片刻的沉默使莉琪心裡十分難過。最後達西才勉強沉住氣說道：「我很榮幸，竟然得到這樣的答案！容我請教你一下，爲什麼我會被無禮地拒絕？」

「也容我請問一下，」她問道：「你爲什麼明明是在羞辱我，卻偏要說成是喜歡我，既然你喜歡我會違背了你的意志和理性，這樣做怎麼可能打動我的心呢？要是我眞的如你所說的無禮，那麼你不也是無禮得很嗎？更別說你是毀了我最親愛姊姊幸福的人，就算我對你沒有反感、沒有任何芥蒂，甚至心儀於你，有了這層因素，我還可能答應你的求婚嗎？」

達西先生聽了這些話，臉色更難看了，但他始終沒有打岔。

「我有十足的理由恨你，無論你的動機是什麼，都不値得原諒。他們兩人會分開，就算不是你一個人造成的，也是你主使的。你不敢否認，也不能否認。你使賓萊先生像是個朝三暮四的花花公子，使我姊姊被人嘲笑是在做白日夢。

你……」

達西不僅沒有露出絲毫悔意，臉上好像還掛著一抹令人不能置信的微笑，這更讓莉琪更加氣結。

「我不想否認。我的確用盡辦法拆散了賓萊和你姊姊，我也不否認我的確覺得很滿意，因為我對他總算比對自己多盡了一份心力。」

莉琪再也忍不住了，「幾個月前聽了威克漢先生對你的形容，我就看穿你了。我看你還有什麼話好說。世上怎會有人竟把這種行為也異想天開地說成是為了朋友。你簡直是顛倒是非，睜眼說瞎話！」

「你對威克漢的事那麼關心？」

「任何聽說他不幸遭遇的人，誰能不關心？」

「他的不幸遭遇？」達西輕蔑地重複了一遍，「嗯，他的確太不幸啦！」

「這都是你一手造成的，」莉琪大聲叫道：「你害得他這樣落魄——凡是被指定是他應有的利益全被你剝奪了，而你現在竟然還能如此輕蔑他！」

「這就是你對我的看法！」達西一面叫嚷，一面向屋子那頭走去，「原來你把我看成是這樣的人！」他轉過身來對她說：「只怪我把從前猶豫再三的原因說了出來，傷了你的自尊心，否則你也不會計較我得罪你的這些地方了。要是我巧施手段，把我內在的矛盾掩飾起來，一味地奉承你，讓你相信我對你懷著無怨無悔的愛，那麼也許你就不會這麼嚴苛地責罵我了。可惜我痛恨偽裝。我對剛才所說的種種顧慮，並不覺得有何不妥，這些顧慮是出自內心的考量。難道你希望我會為你那些不入流的親戚而深感榮幸嗎？難道你以為與那些社會地位遠不如我的人結親，會使我深覺慶幸嗎？」

莉琪愈聽愈憤怒，「達西先生，如果你有禮貌一些，也許我會為剛剛的拒絕感到過意不去。但如果你以為用這樣的方式向我表白，會教我心軟，那你就錯了。」

只見他痛苦而詫異地望著她。她繼續說著，「打從認識你，我就覺得你非常狂妄自大，目中無人，後來又有許多事情讓我對你更加深惡痛絕。像你這樣的人，就算天下男人都死光光了，我也不會考慮嫁給你。」

「說夠了嗎？小姐。我了解你的心情，現在我只有對自己那些顧慮深覺後悔。請原諒我浪費了你這麼多寶貴時間，並讓我祝你健康幸福。」

說完，他就匆匆走出房間。隔了一會兒，莉琪就聽到他打開大門走了。她心亂如麻地不知道該如何撐住自己，就坐在那兒哭了半個鐘頭。這半個鐘頭恰恰反應了莉琪爽朗的性格。她既不會讓自己陷入無止境的悲傷，也不是冷漠得像是無感情的人。剛才因求婚而大吵一架的情景歷歷在目，像作夢一樣，達西先生竟然會向她求婚，他竟已經愛上她好幾個月了！他要和她結婚，不管她有多少缺點，而她的姊姊正是因爲這些缺陷正遭受著他的阻撓，以至於無緣和賓萊先生結成連理，可是達西先生卻願意承擔這些缺點——這眞是一件令人匪夷所思的事。

一個人能夠在不知不覺中博得別人如此熱烈的愛慕，想想也足堪告慰了。可是他那可惡的傲慢，居然還厚顏地承認自己的確是破壞了琴恩的幸福，尤其他招認時那副自以爲是的表情，和提到威克漢先生時那種無動於衷的樣子，天啊！怎會有這種冷血的人呢？一想到這，縱然她也曾一時動了心，也終歸煙消雲散了。

莉琪，就這樣第二次拒絕了男性的求婚。這部小說原名為《初次印象》（*First Impression*），或許我們也可以用這個名稱來欣賞珍・奧斯汀的對照式喜劇。女主角莉琪對柯林斯先生的第一印象，準確無疑，拒絕他的求婚，像是主要故事正式登場前的暖身運動，也像中國古典話本小說開頭的楔子，它所扮演的角色，是逐漸引入正題。因此柯林斯的求婚記實與達西先生的求婚場景互為主從，像是丫環與小姐的關係，同時也使讀者有初入大觀園先看到一座假山以為屏障，因而無法一眼望盡曲徑通幽的花園。這意思是說，柯林斯的求婚實際上起著一種「迷障」的作用，讓我們以為睿智的莉琪絕不會看走眼，於是很自然地論定達西先生的傲慢或許真是無藥可救了，但有趣的是，在事實逐漸明朗之後，即使莉琪對柯林斯的初次印象是正確的，也不保證她往後對其他人的觀感就一定無誤，特別是對達西的印象，到了小說後半段，幾乎要完全翻轉過來。作者「刻意誤導」我們用莉琪小姐偏見的眼光來審視達西先生的傲慢，直到峰迴路轉、撥雲見日那一刻，我們才明白了許多誤會的前因後果，也終於能夠和男女主角一同享受愛神降臨的甜蜜滋味。

世界文學評賞課

2

第二章

鄉村之秋的甜美與哀傷——
珍・奧斯汀散文小說裡的田園詩風

《諾桑覺寺》第二章一開頭珍・奧斯汀以略帶歡欣的語氣寫道：

> 她們來到巴斯，凱瑟琳難掩急切歡欣之情。

少女凱瑟琳帶著珍・奧斯汀的人生經驗，從鄉村走進了一座充滿水療氣息的天然溫泉古城。這裡是珍・奧斯汀人生最後兩部完整小說的故事場景，也是《傲慢與偏見》裡，威克漢晚年爲了逃離枯燥呆板的婚姻，所選擇的隱遁之所。更是《愛瑪》故事中，被拒絕了求婚的艾爾頓先生，後來找到結婚對象的地方。它在珍・奧斯汀的心靈深處，可能不只是一個地名。而是具有許多象徵意義的城市。

在世紀新舊交替之際，奧斯汀家的兩老決定帶著女兒搬離老家史帝文頓，珍於此時一共損失了鋼琴一架、藏書五百冊、美麗的花園一座、老鄰居三四家，以及寫作習慣十年。而巴斯是個展示的城市，人們到了那裡，是爲了觀看，同時也是爲了被觀看；是爲了品評，同時也是爲了被品評。《諾桑覺寺》第二章繼續寫道：

她（艾倫太太）有上流社會的淑女氣派，性情嫻靜溫厚，還喜歡開開玩笑。她和年輕小姐一樣，喜歡四處走走。到處看看，就這點來說，她倒是極其適宜作年輕小姐的社交引介人。她愛好衣著，有個完全不足爲害的癖好：總喜歡打扮得漂漂亮亮的。她先費了三、四天工夫，打聽到穿什麼衣服最時興。並且還買到一身頂時尚的衣服，然後才領著我們的女主角踏進社交界。凱瑟琳自己也買了些東西，等這些事情籌措妥當，重要的夜晚便來臨了，她從此就要被引進上聚會廳了。在此之前最好的美髮師給她修剪了頭髮，她再仔仔細細地穿好衣服。艾倫太太和她的侍女看了都說。她打扮得很好看。

珍．奧斯汀等於是被迫離開了她熱愛的鄉間生活，那裡的山水田園能使人沉靜，在她的小說裡幾乎在每一位重要人物的身上，都感受得到他們融合於鄉村生活的自適與怡然，尤其是女主角們，總是在樹林間、山坡下散步、思索，以及讀信。她們的身影與自然風光、田園景致融合無間，形成小說中一幅幅恬靜優美的生活寫照。人物的內在精神與自然界的深層肌理，取得了相互配合的節奏與步調。英國小說家基辛（George Gissing, 1857-1903）曾說：「最好的傳記在小說裡。」這句話也許可以作爲我們逐漸踏上珍．奧斯汀人生旅程的第一塊踏腳石。《勸導》中女主角的心境一般被認爲最接近作者本人。她「畏懼巴斯九月可能有的熱浪，那使一切都變得白光光的。也因爲捨棄了鄉間的秋天感染了甜美和哀傷的一切而哀悼。」無疑地，在珍的心目中，城市文明熱鬧繁華得如同炎炎盛夏，而鄉村莊園的景致則與朦朧的深秋色彩連成一片。然而她的人生是否也曾因爲從鄉村到都市，最終又回到了鄉村，而確實經歷了一番盛夏與深秋？

儘管她所生活的年代距離我們今天並非遙不可及，然而身爲十八世紀末英國鄉村的一位女性小說家，珍・奧斯汀當年的弱勢處境，的確足已使我們今天在搜尋她的生平過往時，頗費周章。首先，她不曾「刻意」留下日記。好讓我們有蛛絲馬跡可以拼湊出一個「完整」的女性作家故事。她甚至於連一張正式的畫像或照片都沒有，因此我們更無從「對照」出她的儷影與時代的關聯。於是，能夠眞正說明她的存在與美的事證，恐怕就在那些如兩吋牙雕般精緻的一部部生活小說裡。

珍・奧斯汀的生平在歷史的巨河底，如此靜默。一旦浮出水面，那涓涓滴滴的細流所匯聚而成的滔天水勢，卻又銳不可當。無論是英雄人物拿破崙。或是驚世文豪莎士比亞，都只落得與她並駕。而絲毫占不了上風。這位以女性閑聊性格拉開一個時代序幕的重要作家，究竟向世人展現了什麼樣的藝術魅力？她的小說提供了哪些創作訊息？隨著她的作品問世，那廣大無邊的影響力代表了何等意義？我們將一步步探索，耐心地攀登上這座緘默已久，卻又富有大自然最喧騰朝氣的一座高峰。

珍・奧斯汀出身於牧師家庭。她的父親名叫喬治・奧斯汀，他們的祖先原是布商，傳到了父親威廉・奧斯汀那一代，已經改行當外科醫生，喬治的叔父弗朗西斯則是律師。在十八世紀的英國，醫生與律師都屬於中產階級，社會地位顯然不如傳統匹襲的貴族，以及與貴族有血緣關係的仕紳。然而，如果據此將珍・奧斯汀的出身直接等同於當時新興的中產階級，則可能過於粗略。因爲從文學思潮的角度看來，這樣的身分定位很容易使我們太快將其歸類，而聯想到十九世紀英國文壇上，致力於揭露維多利亞時期社會黑暗面，尤其是探討都市意識的作家，例如：狄更斯（Charles Dickens, 1812-1870），與喬治・艾略特（George Eliot,

1819-1880）等人。

其實珍・奧斯汀生活的年代，仍屬於十八世紀末到十九世紀初，在文學思想的歸屬上比較接近抒情詩人華滋華斯（William Wordsworth, 1770-1850）所開啟的浪漫主義時期。這段時間裡。藝術家們推崇人與自然的平等、人與自然的同化關係。他們願意相信自然界裡，即使最卑微與平凡的物體，都有靈魂。而且這些靈魂與整體宇宙的大靈魂是合而爲一的。於是文學家樂於與自然接觸，從而撫平他們在人世間所受到的創傷。在純潔與恬靜的鄉村生活裡，逐漸體認人心與事物的內在本質，使人們更純善、更富於同情心。因此，這一時期的作家，往往有「風景畫家」的美譽。自然景物在詩人的眼中，充滿了生命感與神性的光輝。於是，人很自然地融入到廣袤、無限綿延的宇宙裡。人們不待上帝的救贖，乃是因爲上帝所代表的絕對價值，已經灌注到世俗生活裡的一草一木，一桌一椅，一茶一飯……，家常歲月就是天堂。

我獨自遊蕩，像一朵孤雲。
高高地飛越峽谷與山巔；
忽然我望見密密的一群，
是一大片金黃色的水仙：
她們在那湖邊的樹蔭裡，
在陣陣微風中舞姿飄逸。
水波在邊上歡舞，但水仙
比閃亮的水波舞得更樂；
有這樣快活的朋友作伴，
詩人的心充滿了愉悅。
——華滋華斯〈我獨自遊蕩，像一朵孤雲〉

英國浪漫時期的作家們徜徉在詩意般溫馨的自然天地裡，盡情地汲取甜蜜、安寧、快樂與幸福的泉源。在淡泊的日子裡，眼前的一切就是將來的生命與食糧。

詩人也以自然之美來潤澤鄉村少女，讓她們在雨和陽光、浮雲與水花的陶染下，保持著天性的質樸。那些濃密的鬈髮與美麗的大眼睛，在在表達了詩人們對於過往青春歲月的渴慕。他們捕捉著翩翩蝶舞與啾啾鳥囀，試圖挽留童年的美好與愜意。

在〈坎特柏蘭的老乞丐〉這首詩裡，老乞丐與人與自然無處不顯得和睦，馬上的閒人將錢幣穩穩當當地落在他的帽子裡；田裡工作的婦女，也停下來爲他拉開門閂；驛車從他身邊繞過……，老乞丐與荒嶺、石墩、山雀、楞杖，構成了一幅寧靜卻又震懾人心的和諧畫面。他的遊蕩形成了一股安居的力量，體現了人的心靈隨處恬適，並與外界自然統一的幸福圖景。

由此我們不難理解，珍・奧斯汀小說中田園詩風的美學背景，以及她如何在直覺的瞬間，靜觀單純事件的突然發生，並以理智的心態追求複雜人事背後純淨而永恆的價值倫理。就這樣，華滋華斯與珍．奧斯汀，其實是在英國發展工業革命之後，社會急劇變革而導致傳統精神崩解，然而資產階級的道德觀念又尚未完善建立的歷史縫隙間，所體現出來的一種關注生命本身的哲理思維。在此，任何抽象概念，消失在主觀世界裡，人在生活中表達他們自己而已。

這個理念其實已接近中國晚明李卓吾的「童心說」。原來文評家長久以來運用著褊狹的視角來看待散文對於日常生活的關注與玩味，並以爲其與時代的脫節是多麼教人驚疑與不解。猶如許多傳記學者對珍．奧斯汀的質疑：「她一生處於英國歷史上一個內憂外患的時期。十八世紀末的工業革命、美國獨立戰爭。法國大革命及之後的恐怖統治，再加上跨世紀的拿破崙戰爭，都直接影響到英國社會的各個階層。可是在一八一六年出版的《艾瑪》爲何仍侷限於描述英國鄉間悠閒的鄉紳生活，絲毫感受不到國家處於危急存亡之秋、社會動盪不安的肅殺氣氛呢？」（陳國榮，二〇〇〇）

珍．奧斯汀對於自己身處年代的歷史的確極少直接的評述。一位如此精細與貼近生活的小說家，居然沒有提到拿破崙戰役，甚至於對當時迅速形成的商人階級，與新興民主現象隻字不提，更遑論政治結構與教會權力的改變，以及許多科學與醫學的發明。「時代」高高地懸在每個人的上方，教我們期待著更高度展現戰鬥與掙扎的文學，來訴說生活的嚴峻與激情。但是我們仍不禁要疑惑：在綿延不絕的世俗風情畫裡，以最大的延展性來表現普通人於時代劇變中的生活感興，何以就與時代無關？面對珍．奧斯汀，我們仍然可以毫無疑慮地追尋所謂時代的課題，因爲那個特殊的時代，除了拿破崙、威靈頓的帝王將軍事跡，除了《戰爭與和平》的史詩巨構，畢竟也同時容納了個性化的活潑性靈，以及平凡庸常的家居生活。

更何況我們同時應該進一步地指出，在《傲慢與偏見》裡，那群爲了抵禦法軍而移防到鎮上來的紅制服軍官們（尤其是威克漢這個人），難道不正劇烈搖盪著班奈特家五姊妹的心？他介於莉琪和達西之間。助長著兩人內心滋生的傲慢與偏見；他帶走了小妹妹麗迪雅的私奔舉動，又引發了莉琪與達西復合後再度情感破裂的危機，這些難道不是同時道出了戰爭對人們產生的巨大影響。還有什麼變化，比人的感情和心靈更值得關切？珍．奧斯汀就這樣輕輕地繞了一個彎，換了一個角度與她的時代深刻而細膩地呼應著，幾乎如影隨形。

原來社會在工業革命、拿破崙戰爭的表象底下，也同時帶來了一場「感覺革命」，珍．奧斯汀選擇讓外部世界的細緻描繪和對局勢的考察分析，退居其次。作家不再只是擔任時局的評論家與政治觀察人，文學也不一定是某種唯一眞理的注解，我們在她的小說裡看到的是，女性時而敏感，時而浮躁，時而諧謔，時而頹廢，時而精緻，時而粗糙地將思想的片段、人生種種浮泛的場景揉雜成一體的書寫規模。它如果是一門學問，那應該就是關注、體察人們具體生存的學問。

事實上，作家對於日用起居所產生的奇想，已經標誌著以時俗世事、物態人情的豐富多樣性，爲寫作焦點的現實主義文學的誕生。以此觀之，珍．奧斯汀可以說是英國文學史上傑出的現實主義小說家，她生活和寫作的年代，英國小說正經歷著一個青黃不接的時期。從十八世紀七〇年代到十九世紀的前十年，菲爾丁等大師開拓的英國現實主義傳統幾乎完全中斷，英國小說被淹沒在一派感傷浪漫的淚水之中。四十年間沒有任何劃時代的作品出現。直至一八一一年，奧斯汀出版了她的第一部小說《理性與情性》（*Sense and Sensibility*），才打破了這種令人窒息的沉悶局面。

雖然珍．奧斯汀的莊園寫作風味更接近浪漫時期的詩人，但是她在文學史上確實占有承接現實主義傳統的樞紐地位，不僅承傳了菲爾丁，而且下啟了一個璀璨的維多利亞時代，因此她的小說事實上已經超越了中產階級的思想範疇。後者正式始於狄更斯等人的都市小說。那時正是歷史上所謂饑餓的年代，作家們秉持現實主義者的良心作風開始關心「兩個國度」的問題，這兩個沒有交流的國度概括了當時社會勞資雙方不同教養、不同飲食、不同習俗，甚至於不同法令的事實。他們把都市意識寫進了英國文學裡，刻意深入地探討了以倫敦為主的城市生活面貌。相對於珍．奧斯汀小說裡的英國鄉村生活，維多利亞時期的小說一方面汲取了前代作家的現實主義精神，同時也更確定地將描摹重心轉移到都市裡來。

形形色色、多采多姿的倫敦舞臺背後，到處是工業文明所帶來的黑暗面。城市宛若一頭陰蟄冷酷的怪獸，吞噬著希望到此安身立命的人們。許許多多人迷失在五光十色的都會裡，他們失去了歸屬感，成爲一座座荒蕪的孤島，這股強烈的疏離，正是狄更斯、薩克瑞、葛斯開爾等人對社會的一大控訴。面對著不可忽視的都市文化景觀，作家們繼續挖掘浮華世界物質文明所帶來的內心空虛，更多人則逐漸地緬懷起往日悠閒自在。從容不迫的鄉村步調。

無論是耽溺於城市的描述，或是游移於城鄉之間，作家在文學領域裡的最大成就，往往只是描繪自身的親歷親聞。而珍・奧斯汀婚戀小說中所出現的詩畫般田園景致也確實是她的生活環境。一七七五年十二月十六日，她出生在漢普郡南部名爲史帝文頓（Steventon）的小村莊，這座鄉間小鎮不過三十戶人家，處處景色怡人、綠意盎然。珍童年的住所現今雖已拆除，然而根據家族成員的回憶，我們得以想像那是一座兩層樓的牧師住宅，坐落在街道的盡頭。小屋的斜坡屋頂上綴有幾扇小窗，屋外也有一座小花園。十九世紀德國文學家赫曼・赫塞在他的散文集《悠遊之歌》（*Wandering*）裡所形容的「牧師住宅」。也許可以爲這種在歐洲傳統文化裡，象徵著美滿與小康的家居生活，提供最富於文學性的憧憬：

我靠在泉水邊，把這有綠門的牧師住宅畫了一張速寫。我最愛這綠門和後面的尖閣。很可能我把門畫得太綠了點，把尖閣也畫得太高了點。沒有關係，主要的是在這一刻內這小屋成了我的家，有一天我會想到這牧師住宅感到一種鄉愁，……它使我懷念，猶如眞是我的家，一個有我童年和歡樂的地方。因爲在這一刻鐘內，我是一個孩子，我非常快樂。（沉櫻譯，一九八〇）

牧師住宅的壁爐和果園，令人感受到家的溫暖與童年的歡樂，珍．奧斯汀所生長的地方正是這樣的牧師公館。她的母親也許不一定像《傲慢與偏見》中的班奈特太太，爲了女兒的婚嫁而出現充滿喜感的焦慮性格，但是她應該會是個忙碌的婦人，因爲她肩負了八個孩子的養育，以及菜園、禽場、牛舍……等處的管理。時光就在日晷、花圃、灌木籬，與質樸的餐桌椅之間流逝。珍的父親喬治・奧斯汀年輕時受律師叔父的供給，完成了牛津的學業，在短暫的舍監工作之後，接掌了史帝文頓教區的牧師職位，平時不僅主持宗教儀式，也負責該教區民衆在道德生活上的顧問，還兼顧了農莊，以及男生寄宿學校的事務，當然，意義最深遠的還在於以五百冊藏書的書房作爲培養女兒體驗文學生活的無形教育園地。

撰述珍・奧斯汀生平的加拿大作家卡洛・席爾茲（Carol Shields）曾經指出：「她的作品中最常忽略的一部分乃是宗教生活，這也使得某些人認爲珍・奧斯汀自己並不信教。身爲教區牧師的女兒，奧斯汀規律地上教堂，參與家庭禱告，但她的小說卻對精神生活的慰藉絕口不提，從未有過半句禱詞，也沒有半句祝福，更沒有人虔敬崇拜。」事實上，小說裡所描述的宗教生活。往往表現在作者用以發揮喜劇嘲諷精神的神職人員身上，如：《傲慢與偏見》裡的柯林斯先生，《艾瑪》中的艾爾頓先生。而《曼斯菲爾德莊園》甚至在某種程度上檢視了教會牧師的任命問題。或許珍・奧斯汀所跨越的世紀，本身就有太多變數。無論如何，十九世紀興起的福音熱潮，畢竟未在珍．奧斯汀的筆下升溫。《西方正典》（*The Western Canon*）的作者哈洛．卜倫（Harold Bloom）將早期的華滋華斯與珍．奧斯汀並列同一章，以討論他們所呈現的原初人類情致，並說明這就是最傑出的田園詩風。華滋華斯在《荒屋》裡，留下了一段非聖經式的祝福：

我站著，倚在院門上
回想那個女人的痛苦；而我似乎
得到了安慰，當我以兄弟之愛
在悲傷的無助中祝福著她

這首詩少了幾許宗教情操，卻多了一份世俗的啟示，它顯現出的至高價值在於：即使在最不堪情境底下的人也應該得到「讓他自由死去」的尊嚴，而這份尊嚴正是來自作家對大自然的虔敬情懷。至於貧苦的人應該受到的慈善與收容，就讓社會階級意識更明確的人（如：狄更斯）來擔負吧！這個同時代的詩人華滋華斯現象，可以用來解釋珍．奧斯汀是如何以大自然的生機與活力塑造了莉琪，也就是伊麗莎白．班奈特。與艾瑪．伍德豪斯等氣韻生動的女性形象，並且在寧靜的家園生活裡更深刻地呈現出她們天眞、爽朗、樂觀、坦誠的精神面貌。這種高度人性化的寫作態度，是跨越了上帝直接以人世擁抱自然天地的，因此作品中的主人公得以希望、記憶、信念與愛來發揚人性內在的光輝，行使她們非政治性與宗教性的意志，哈洛．卜倫稱之爲「新教氣質」。

對於華滋華斯與珍．奧斯汀作品中缺乏政治革命與社會主張的學術意見與道德指責，《西方正典》的作者則是以藝術或純小說的排他性來幫助我們卸下包袱，進而以無負擔的心胸欣賞作品中的人物表現：

在今天，談論珍．奧斯汀所排除的社會經濟現實已成時尚。例如西印度群島奴隸制，這是她的許多人物能安享經濟資源的一部分根本原因所在。然而，所有優秀的文學作品皆根基於排除之上，而且也還沒有人可以證明：認識文化與帝國主義之間的關係對閱讀《曼斯菲爾德莊園》會有任何一絲一毫的好處。

猶如解析《紅樓夢》中劉姥姥卑下的社會地位，並不見得能夠幫助我們更深刻地領會大觀園裡的風月詩酒與人文情懷，摒除了社會經濟現實的考量與上帝主宰生命的意識，作品所呈現出的客觀訊息似乎正說明了順乎自然天律者，實際上是高於受到社會、政治與革命主張羈絆的人。於是莉琪、愛麗諾、瑪莉安、艾瑪、芬妮、安、凱瑟琳等人，容或有個性上的偏頗，但是在本質上則都是純然無邪，而且自我意識未可動搖的自然人，猶如中國老莊哲學裡「見素抱樸」的境界，「無邪」的人性本質也正是華滋華斯所肯定的最高價值。因此，我們對於「田園詩風」的理解，也應該站在這個哲理境界的視角上來欣賞，才能領略珍．奧斯汀小說中女主人公的自然之美與天性氣質中生動的性情流露。

珍．奧斯汀筆尖流瀉而出的田園詩情，如果從音樂的角度來欣賞，則更能使忙碌的現代人感受到那份渴望而不可及的優雅意境與閒適情調。由小說《愛瑪》改編成的電影「艾瑪姑娘要出嫁」（EMMA），當年得到金像獎最佳電影音樂獎，女性配樂者Rachel Portman將其配樂定調為一張優美怡人的音樂作品，並在音色上採用平緩的豎琴搭配柔和的木管或溫暖的絃樂，編織成一份纖細的美感。偶爾點綴些俏皮的樂章在柔美的氛圍中聽來格外逗趣。可愛的木管旋律，隨時呼應著輕快討喜的和絃。製造出喜感又不失優雅的浪漫色彩。這張作品給人的印象是娟秀迷人的旋律美感，與怡然淡雅的田園氣質，大致上與小說原著的感覺相稱。尤其是其中的幾個主題旋律聽起來相當甜美，很有典雅的氣質，與文學作品的時空背景：浪漫、可親與喜趣，相得益彰。配樂家以這些四段主旋律樂章一再地重組變化，時而加點快節奏宴會舞曲，時而多放些感情營造夢幻與柔情，而基調則始終維持著一份奧斯汀式的端莊與唯美，同時也令人聯想到莎翁喜劇中描寫男女主角各自逃離拘束的宮廷生活，卻在森林中不期而遇的浪漫傳奇。整齣劇使觀眾沉醉在充滿花園和綠草坡的田園裡，享受甜蜜的愛情波折，如果再加上男女主角詼諧的對白，則又給人留下了人生雖然偶有不幸，但最終都能皆大歡喜的美好印象。

＊　＊　＊　＊　＊

有趣的是，珍．奧斯汀筆下的男女主角，往往在移步換景之後。當故事更進一步地融入詩情畫意的莊園景致時，人們也同時意外地收到了修補愛情的療效。這一點恰恰與作家後來在現實生活中，遷居到巴斯溫泉之城，親眼見許多人為了身體健康來療傷治病的情況，形成了現實與虛構之間的反差。作家顯然認為，能夠為心靈療傷止痛的地方，在恬靜的鄉間莊園，而非熙來攘往的溫泉之城。

在《傲慢與偏見》裡，莉琪拒絕了達西的求婚之後，她心裡並不比被拒婚的人好過，經過這場風波後，她開始審視自己的家庭和家人之間的關係，此時如果要莉琪以自己的家庭為例，來說明何謂幸福的婚姻，那她眞是沒話好說。她的父親因爲當年貪戀母親的年輕貌美，直到婚後才逐漸認識到她是一個沒有見識而且心眼又狹小的女人，所以漸漸地也就沒有愛情可言了，有時連相敬如賓都談不上。熟悉這部小說的人，對於班奈特先生都有這樣的印象，他平時讀書自娛，說到自己的太太，除了她的無知和愚蠢可以供他開心取笑之外，對她幾乎沒有別的好說。例如他的太太要他去拜訪新搬到尼日斐莊園，而且每年有四、五千英鎊的新鄰居時。他說：「沒有這個必要吧，你帶女兒們去就行了，要不，你讓她們自己去也行，這樣或許更好些。因爲女兒們都比不上你貌美俏麗，你去了，賓萊先生說不定會看上你呢！」

「你總是故意開玩笑氣我，一點也不體諒我這神經衰弱的毛病。」

「你眞是錯怪我了，親愛的，我非常關心你的老毛病，它是我的老朋友了，這二十多年來你總是鄭重其事地提起它。」

「哦！你不知道我受的是什麼苦！」

「我衷心希望你這個病會漸漸好起來，活著看到每年有四千英鎊收入的闊少爺一個接一個搬到我們這裡來。」

每天聽見父親以尖酸幽默的語言調侃母親，而母親在結婚了二十三年後，有時還聽不懂這些諷刺，莉琪並非看不見父親的缺點，可是還是敬重他的才能，感激他對自己的偏愛，所以，原本無法忽略的地方，她也盡可能睜一隻眼、閉一隻眼，就算他們老夫老妻相處的情形每下愈況，她也盡量不去想它。但是，不幸的婚姻帶給兒女們的負面影響，她從前絕沒像現在拒絕達西的求婚之後，這般深刻體驗過。也許她父親一生的失敗就在於有才能卻用錯了方向，要是父親的學養運用得當，即使不能拓展母親的見識，至少也可以維護班奈特一家的體面吧！

民兵團移防了，往後的舞會就不再像以前那樣好玩了，家裡成天只聽到母親和妹妹抱怨生活乏味。而她眞正擔心的是遠在外地的小妹妹麗迪雅，這本來就靜不下來的個性，再加上天高皇帝遠，自然什麼大膽的事都做得出來。唉，她逐漸發覺人生不能盡如人意。她多麼想藉由大自然的美與無盡的田園風光來轉移自己的注意力，即使將來還有更多的失望，也不要放棄眼前的生活啊！於是她開始滿心期待著不久之後到湖區去旅行的事。她在心裡說道：「老天爺啊，我總算還可以指望的事。假使每件事都那麼順利完美，我反而可能要失望了。」

距離出發旅行的日期將近，怎知這時舅媽卻來一封信，說舅舅臨時有事，所有原來的計畫必須延後到七月才能動身，又因爲他只有一個月空檔就得趕回倫敦，所以，不能照原來的行程作長途旅遊了。這封信當然使莉琪非常失望。她本來一心想去觀賞整個大湖區風光的，還好她一向灑脫，所以只難過了一會兒就不再放在心上了。

四個星期很快過去了，舅舅、舅媽終於帶著四個孩子到來。孩子們都要留在班奈特家，由大表姊琴恩照顧，他們也都好喜歡琴恩，琴恩什麼都好，無論是教孩子們做功課或跟他們一起遊戲，都再適合不過了。

舅舅、舅媽只在班奈特家住了一晚，隔天一大早就帶著莉琪旅行去了。由於三個人都是成熟而且善良的人，所以一路上都很稱心如意。再加上他們的感情都很豐富，人又聰明，即使碰到了什麼掃興的事。仍然可以一團和氣，自得其樂。

有一天來到了一個名叫拉梅東的小鎮，舅舅、舅媽從前在那兒住過，聽說還有些熟人仍住在那裡，於是想順便繞過去看看。莉琪聽舅媽說，距離五哩遠的地方就是達西先生的莊園，雖然不是必經之處。可是也不會費太多事。嘉弟納太太說想再到那處莊園看看，她的先生也欣然同意，於是便來徵求莉琪的意見。

舅媽說：「親愛的，那地方正是你久仰大名的，願意去瞧瞧嗎？你的許多朋友都跟那地方有淵源。威克漢的童年就是在那兒度過的，這你是知道的。」嘉弟納太太以爲她對威克漢還有好感。可是莉琪想到的卻是，不久前才拒絕了那裡的莊園主人達西先生的求婚，她內心的祕密使她表情看起來很尷尬，口裡只得說不想去。她說各式名門華廈都已經看得夠多了，再去瀏覽只是白費時間。

嘉弟納太太說她傻，「要是只有富麗堂皇的建築物的話，我也不會想去，可是那兒的樹林堪稱全國最美麗的樹林喲！」莉琪不作聲了，她直覺想到如果眞去欣賞風景，說不定會碰上達西先生，那就糟糕了！她羞紅了臉，想想還不如把事情的始末跟舅媽說個明白，免得要擔負如此大的風險。但這也不太好。於是她決定先去打聽一下達西先生家裡有沒有人。如果有人，那她再來用這最後一招也不遲。

晚上就寢時，她向女僕打聽培姆巴里這個地方主人的身分，又心驚膽戰地問起主人要不要回來避暑。不料竟得到了她求之不得的回答：「他們不回來。」她現在大可不用擔心了，然而她又產生了莫名的好奇心。想親眼一睹那棟房子。第二天早上舅媽又來詢問她考慮的結果，她立刻爽快回答說，她對這個計畫很贊成，於是她們決定上培姆巴里去了。

到了那兒。全國最美的樹林立刻呈現在眼前，莉琪的心竟慌亂了起來。一時間百感交集，無心說話，她從來不曾看過有哪個地方的自然之美能像這兒一樣的原始而不沾染塵俗。舅舅、舅媽也都對這麼純淨天然、如詩如畫的景致讚不絕口，莉琪不禁想到：能在這裡當個女主人也不錯。

他們下了山坡，來到莊園大門前，管家奶奶已在那兒恭候多時了，他們跟著她走進屋內，只見每一個房間都非常典雅迷人。而且各有千秋，家具的陳設亦和主人的身價都十分高貴，卻不奢華，跟凱瑟琳夫人的羅琴茲花園比起來，也許豪華不足，但絕對風雅有餘。

莉琪想，「我差一點就成了這兒的女主人呢！那樣，我就不必以客人的身分來參觀了，還可當它是自己的住宅來享用，把舅舅、舅媽當貴賓一樣歡迎，可是……」她旋即想起，「那根本是不可能的。因爲那樣我反而見不到舅舅、舅媽了，以達西的傲慢絕不會允許我邀請他們來的。」幸好她想起了這一點，才沒有後悔自己當初所做的決定。

她本想問問管家奶奶，主人是否眞的不在家，可是不敢。多虧舅父代她問了這句話，只聽見老奶奶回答道，他的確不在家，「可是他明天會回家。」莉琪聽了不禁暗喜，幸虧他們早一天到這兒來。

舅媽叫她過去看一張畫像，走近一看，原來那是威克漢的畫像。舅媽笑咪咪問她好不好看。管家奶奶走過來說，畫裡的年輕人是老主人賬房的兒子，他是老主人一手把他拉拔長大的，「他現在到部隊去了。我怕他早已變得更放蕩不像話了。」嘉弟納太太聽後笑吟吟地對她外甥女看了一眼，但莉琪怎麼也笑不出來。

老奶奶指著另外一張畫像說：「這就是我家的小主人，簡直栩栩如生。」

舅媽說：「我常聽人說，你家的主人一表人材，看來他的確是很英俊。莉琪，你說是不是？」

「原來這位小姐跟達西先生認識？」

莉琪一下臉全紅了，只得勉強說：「不太熱。」

「你覺得他英俊嗎？小姐。」

「嗯，很英俊。」

管家奶奶接著又指給她們看達西小姐的畫像。

「達西小姐也很清秀嘛！」嘉弟納先生說道。

「哦！那還用說——從來沒見過這樣漂亮的小姐。而且還那麼多才多藝！」

看樣子，她好像非常喜歡談到主人家的兄妹倆，也許是她以他們爲傲，或者是因爲和他們交情深厚的緣故吧！

「要是你主人結了婚。你見到他的時間是否就會比現在多了？」嘉弟納先生問。「當然，先生，但我不知道這件事幾時才能如願。我也不知道哪家小姐才配得上他。」嘉弟納夫婦都笑了。莉琪不由得說：「你眞是太捧他了。」

管家奶奶說：「我說的都是眞話。認識他的人都說他好。我這一輩子還沒聽他說過一句重話。打從他四歲起，我就來這裡當管家了。」莉琪在一旁聽得驚奇不已。這句褒獎的話實在令她難以想像。因爲她早已認爲達西是個不好伺候的人，現在乍聽此話，讓她不由得想再多聽一些，幸好她舅舅又開口說道：「當得起這樣讚美的人。實在不多。你運氣眞好，能碰到這樣一個好主人。」

「沒錯，先生，我知道再也不可能碰到一個更好的主人了。他從小就是個有度量的孩子。」

莉琪不禁瞪著眼看她，心想，「是嗎？」

「老達西先生是個了不起的人。」嘉弟納太太說。

「你說得一點也沒錯，他的確是個了不起的人。他的兒子跟他一模一樣——也是那樣照顧所有窮苦的人。」

莉琪先是奇怪，後是懷疑，愈混淆愈想再多聽一些。

「他是個開明的莊主，」她說：「他不像時下一般狂妄的年輕人，滿腦子只會爲自己打算，沒有一個佃戶或僕人不稱讚他的。有時聽見人說他傲慢，但我從來都沒有這樣的感覺，我想，他也許只是不像一般人那樣愛說話罷了。」

管家奶奶帶他們走進一間華麗的起居室，那是專爲達西小姐布置的。

「他眞的是一個好哥哥。」莉琪一面說，一面走到一扇窗戶前。

「他一向就這樣，凡是能使妹妹高興的事情，他每一件都盡心做好。」

轉身進入了畫室，裡面都是這個家族的畫像，莉琪一心要找一個人的畫像。她終於看到了一張非常像達西先生的畫，只見他的笑容一如他從前看她時的笑容。她在這幅畫像前出了神，走出畫室時，又忍不住走回去再看一眼。

莉琪不禁對畫裡的人有種親切的感覺，一種從前沒有過的好感，實在不能忽略從小看著他長大的老奶奶，對她主人作出的稱許。什麼樣的讚美會比一個下人的讚美來得更珍貴呢？他無論是做為一位兄長、一個莊主，操縱著多少人的幸福，他都是那麼出色而善良。管家奶奶所說的每件事。都足以證明他的品格優良。她站在他的畫像前，只覺得他的雙眼正盯著她看，她想起了他對她的鍾情，忽然產生一股不曾有過的感激之情，她一想起他當時的殷切，也就無心再去計較他求愛的冒失了。

參觀完後，他們穿過草坪，走向河邊，莉琪忽然看到這屋子的主人從一條大路上走了過來。他們只相隔了約二十碼，就在剎那間，兩隻眼睛相遇，兩個人都漲紅了臉。只見主人震驚之餘，竟愣在那兒好久不動。但他很快恢復正常，來到他們面前跟莉琪問好，語氣顯然很慌張，但至少還維持著禮貌。

莉琪羞窘地接受了他的問候，而舅父母還認不出他就是畫像裡的人。但看看那個園丁望見主人突然歸來而驚喜萬狀的樣子，恐怕也明白一二了。他繼續問候她家人的平安，她卻不敢抬頭望他一眼，甚至不知道自己回答了些什麼。

她深深覺得闖到這兒來被人發現，眞是丟盡顏面，此時此刻竟成了她這輩子最難挨的時候。而他也不見得比她從容，問的問題都很空洞，而且一再重複，足以說明他的心慌意亂亦不在她之下。

最後他好像已經無話可說了，默默地呆立了幾分鐘，才決定告退。

舅父母這才敢走過來，說他的儀表很令人欽羨。莉琪此刻滿腹心事，一個字也聽不進去。只是靜靜地跟著他們走。她眞有說不出的羞愧和懊惱。這次到這兒來，眞是失算了，以他的傲慢，大可恥笑這件事了！天哪，她爲什麼要來？或者應該說，他怎麼就偏偏提早回來了呢？可是，他的態度和從前完全不一樣了——這是怎麼回事呢？他居然還會跟她說話，並且問候她的家人，他的轉變令她意外。上次他在羅琴茲莊園求婚不成後寫給她的信，其中的措詞跟今天竟成了強烈的對比！她不知道該怎麼去看待這件事才好。

他們走到河邊一條幽美的小徑上，眼前的風光秀麗非凡，舅父母沿途一再招呼莉琪欣賞美景，她雖然也隨口應允，可是心有牽掛。只想知道他現在在哪個角落?他這時候在想些什麼?他是怎樣看她的?他是否對她仍有好感?他也許是以爲已經了無牽掛,所以對她特別客氣,可是聽他說話的聲調,又不像是那麼回事。她不知道他見了她是痛苦呢還是快樂……。

後來舅父母怪她心不在焉,這才提醒了她,將所有的感官都放回這天然幽靜的森林小徑裡,可惜不善於走路的嘉弟納太太已經走不動了,外甥女只好依她,大家抄近路走回屋子。他們走得很慢,因爲嘉弟納先生很喜歡釣魚,這會兒看見小溪裡有鱒魚躍出水面,於是跟園丁談起釣魚的事情來。令人吃驚的事又發生了,達西先生又向他們這邊走了過來,只見他像剛才一樣的禮貌周到,於是她也有樣學樣開始稱讚起這裡的旖旎風光。可是她才開口說了沒幾句,就覺得哪裡不對勁,她想,她這樣極盡讚美,會不會讓他想歪了?想到這裡,不禁又酡紅了臉。默不出聲了。

正當莉琪噤聲不語時,達西卻要求她介紹隨同的這兩位。想當初他求婚時看不起她的親友,現在要求介紹的卻正是這些他原本看不上眼的親人,要是他知道了這兩位是誰，不知會不會當場腿軟！

想歸想，她還是立刻介紹了雙方。她一面介紹一面偷偷看他，看他是不是會拔腿就跑，不過，他非但沒走開，而且還陪他們一塊兒走回去，並跟舅父聊了起來。她有點欣慰，畢竟她還有幾個上得了檯面的親戚。其實她舅父的談吐舉止是很可以顯示出見識不凡，況且人品又稱得上高雅，而且風度翩翩。

他們不久就談到釣魚，達西先生非常客氣地說，舅父既然住在附近，歡迎隨時來釣魚，同時又指給他看眼前這條河哪些地方魚最多。舅媽挽著莉琪的手，對她使了一個眼色，表示驚訝。莉琪沒說什麼，內心卻得意極了，因爲他這番好意顯然是爲了討好她一個人的。不過她還是有些訝異，不禁自問：「是什麼原因讓他變了呢？不見得是爲了我吧？不見得是因爲我曾經修理了他一頓，就讓他這樣脫胎換骨吧？他未必還愛著我。」

就這樣兩位女士在前，兩位男士在後，走了好一會兒。後來因爲嘉弟納太太實在是走累了，而莉琪的手臂也支撐不住她的重量，所以她決定還是挽著自己的丈夫走好些。達西先生於是取代了嘉弟納太太的位置，和她的外甥女並排走。兩人先是靜默了半晌，後來還是莉琪先開口說話。她想解釋，這一次他們是事先打聽他不在家才到這兒來遊覽的。「管家奶奶告訴我們你明天才會回來。」他點點頭並說因為要找賬房商量事情，所以比原訂同來的人早了幾個鐘頭。「他們明天一早就會來，賓萊先生和他妹妹都會來。」

莉琪立刻回想起他們上一次提到賓萊時的情形。她看他的臉就知道，此刻他心裡也在想上一回的情景。

接著他又說：「這些人當中，有個人尤其想認識你，那就是舍妹安娜。我想趁你還在這裡時，介紹她跟你認識，不知道你會不會覺得我太冒昧？」

這個要求使莉琪受寵若驚，她不知道該怎樣回答才對。她猜想達西小姐之所以想認識她，還不是出於他哥哥的意思。想到這裡，莉琪就深感榮幸。他雖然對她不滿，可是並沒有因此就眞的對她充滿厭惡，這一點莉琪倒還覺得欣慰。

他們默不出聲地向前走，各懷心事，畢竟這件事情太出乎意料了，莉琪心想：他要把妹妹介紹給她，那眞是給足了她面子。

他請她到屋內去坐一會兒，她說自己並不累，兩個人就一起站在草坪上。她想說什麼，可是什麼也說不出來。然而時間也過得眞慢。舅媽，走得更慢。當嘉弟納夫婦終於趕上來時，達西先生再三請大家一塊兒進屋子裡，可是客人婉謝了，於是大家就很有禮貌地告辭道別。達西先生扶兩位女客上了車，直到馬車開動後，莉琪還目送他慢慢地走進屋去。

舅父說他的人品比他們所想像中的好太多太多了，「他的舉止優雅，禮貌周到，完全沒有貴族的架子。」

舅媽說：「他不過是風度上稍微有那麼一點高高在上的感覺罷了，還不至於讓人討厭啦！嗯，管家奶奶說得一點也不錯。」

「他竟那樣盛情地招待我們，眞是太出乎意料之外了。這不是一般的客氣，而是眞的殷勤呢！其實他也用不著這樣，他跟莉琪的交情沒有多深吧！」

舅媽說：「莉琪，他當然比不上威克漢那麼俊美，也不像威克漢那樣能說能笑，因爲他比較嚴肅端正。可是你怎麼會跟我們說他討人厭呢？」

莉琪竭力爲自己辯解，說她那次在肯特郡遇見他時，印象就已好轉了。又說，她從來沒有見過他像今天那樣的和藹可親。

舅父說：「不過，如此客氣似乎靠不住，這些貴族大多如此。他請我去釣魚，也許過兩天就改變主意了，不許我再進他的莊園呢！」

莉琪知道他們完全誤解了他的性格，可是並沒說出來。

嘉弟納太太接著說：「看他那個樣子，我還眞想像不出來，他竟會那樣沒良心地對待可憐的威克漢。他看上去心地不壞嘛！說起話來，表情倒很討人喜歡。至於他臉上的神情的確是有些威嚴，不過也不至於因此就說他心腸不好吧！帶我們參觀的那個管家奶奶，把他捧得近乎完人，有幾次我差點兒要笑出來了。」

莉琪聽到這裡，覺得應該替達西說幾句公道話才對，說他並沒有虧待威克漢，於是她就小心翼翼地把事情的始末說給舅父母聽。她說，達西在肯特郡的一些親友曾告訴她，他的爲人和人家所傳說的情形出入甚大。他絕不像別人所想像的那麼刻薄，威克漢的爲人也絕不像別人所想像的那麼厚道。爲了證實這件事，她又把他們兩人之間的金錢往來，原原本本地講了出來，只是沒有明指這話是誰說的。

這讓嘉弟納太太聽得既驚訝又擔憂，只是現在已經走到從前她最喜愛的那個地方，於是她所有的心思都暫擱一旁，完全沉醉在甜蜜的回憶裡。雖然一上午的步行令她甚感疲倦，可是一吃過飯，她又出門去拜訪老朋友。這一晚過得眞快樂。至於莉琪，白天所發生的事情對她來說實在太戲劇化了，她現在沒有心思去認識新朋友。她只是全心全意地在想，達西先生今天爲什麼那樣有禮貌？還有，他爲什麼要把妹妹介紹給她呢？

莉琪跟舅父母到了拉梅東，和幾個新朋友各處逛了一圈，剛回到旅館，忽然聽見一陣馬車聲，只見一男一女坐著馬車從大街上往這裡奔來。莉琪立刻心裡有數，於是告訴舅父，待會兒要有貴客光臨了。舅父母霎時都非常驚訝，瞧她說起話來是那麼地羞窘，再和昨天發生的情景前後對照想想，馬上心領神會了。以前他們雖然被蒙在鼓裡。沒有看出達西先生對他們的外甥女有意思，可是他們現在幾乎已經確定就是這麼回事了，否則他這般的殷勤就令人費解了。莉琪奇怪自己怎麼會這樣坐也不是、站也不是。她左思右想，愈是焦急，怕的是達西先生在衆人面前忘了稍微掩飾一下內心的愛慕與感情，因而使她感到尷尬困窘。總之，她愈想好好表現，就愈擔心自己不能討人喜歡。

達西兄妹走進了旅館，大家相互介紹了彼此。莉琪看到達西小組也和自己一樣有些不好意思，不禁頗感意外。傳說達西小姐爲人一向傲慢，可是這會兒莉琪相信她只是個羞怯的小女孩罷了。這位達西小姐今年才十六歲，可是個子很高，整個人儀態大方，謙和優雅。莉琪本以爲她也像達西一樣冷酷、刻薄，現在知道完全不是那麼回事。

達西先生告訴莉琪說，賓萊也要來問候她。她還未及反應，就聽見賓萊先生上樓的腳步聲，不一會兒。他就進來了。莉琪即使本來餘怒未消，恨他聽了達西的話離開姊姊琴恩，但此刻他的情深意切，打消了莉琪不愉快的念頭。他親切地問候她全家人，他的言談舉止，跟從前一樣的安詳愉快。

嘉弟納夫婦因爲懷疑達西先生跟外甥女的關係，忍不住就偷偷地仔細觀察兩人的眼神，這讓他們更加確定兩人之中至少有一個已經陷入情網。莉琪的心思雖然一時還模糊曖昧，可是達西這一邊顯然早已情深似海了。

莉琪深怕不能博得大家的好感，然而事實證明她是杞人憂天，因爲眼前這些人在沒來之前都已對她懷有善意。賓萊存心要和她友好，安娜很想認識她，達西更是非討她歡心不可。

看到了賓萊，她很想知道他是否同她一樣想到琴恩，她覺得他比從前沉默多了，這也許是她的幻覺吧！不過有一件事卻無庸置疑，人家都說達西小姐是琴恩的情敵，其實賓萊先生對達西小姐並沒有什麼特殊的情意，無論從什麼角度來看，都不能保證賓萊小姐一定會如願。賓客臨走前。倒是發生了足以說明賓萊先生對琴恩舊情難忘的事，因爲他會趁著別人在另一邊談話時，用一種遺憾的語氣跟莉琪說：「我和她好久不見了，果眞是沒緣分嗎？」她還沒有來得及回答，他又說道：「有八個多月了。我們是在十一月二十六日那天分手的，那一次我們還在尼日斐莊園跳舞。」莉琪見他記得這麼清楚，心裡很高興。事實上。賓萊先生這個角色在此處突然出現了不同於以往任人牽著走的性情，進而發展出主動追求幸福的話語，這是珍·奧斯汀筆下的人物經常使讀者感受到變化豐富的主要原因。接著，賓萊先生又趁別人不注意時。問起她的家人現在是否都好。這些話也許並沒有什麼深意，可是他的神情態度卻大可玩味。扁平人物突然朝立體球形的方向發展，也使我們認識到了小說人物藝術的豐富性。

同時，莉琪還要隨時看達西先生，看他滿臉的親切和謙虛的談吐，更沒有一絲輕蔑她親戚的意思，於是她不由得想，以前他認爲和這些人打交道有失身分，如今卻這樣樂於認識他們！他向她求婚的那一幕。還歷歷在目，但前後簡直判若兩人，這使她幾乎要控制不住地把心裡的驚奇流露到臉上。

逗留了半個多小時，臨走前，達西先生叫他妹妹和他一起邀請嘉弟納夫婦和班奈特小姐抽空來家裡吃頓便飯。只見嘉弟納太太望著外甥女，因爲這次請客全是爲了她，怎料莉琪只是轉過頭去一無反應。嘉弟納太太知道她只是羞怯，並不是不喜歡。她又看了看丈夫，於是就很快地答應了。

賓萊當然高興，因爲他又有機會可以見到莉琪，還有許多事要問她呢！莉琪知道他一定是想從她這裡探聽她姊姊的消息，他們走後，她回想起今晚的種種情景，心裡好開心！但是又怕舅父母追問，所以馬上藉故回房了。

照說她沒有理由害怕嘉弟納夫婦的好奇心，而他們也不是那種會強迫她講出眞相的長輩。不過很明顯地，她跟達西先生之間，早已不是他們所想的那種泛泛之交了，他愛上了她，從許多線索裡，都看得出這個事實。

他們現在一心只想到達西先生的優點，他的好，使他們不得不感動，現在沒人不相信管家奶奶的話了，因爲她在主人四歲時就來到他家，當然深知主人的秉性爲人，而且她本人也令人尊敬，當然她的話值得信任。說到傲慢，他也許眞有點傲慢，即使他並不傲慢，全鎭的居民只知他全家終年足跡罕至，自然也要說他傲慢了，但大家都公認他是個善良大方的莊主，而且經常濟苦救貧，慷慨解囊。

至於威克漢，他們立刻就發現他實在不怎麼討人喜歡。雖然一般人不大清楚他和他恩人的兒子之間的關係，但大家都知道他欠了許多債，都是由達西先生出面替他償還的。

莉琪這個晚上滿腦子都是培姆巴里，雖然是個漫漫長夜，但她仍然覺得不夠長，因爲她依然弄不明白對那個培姆巴里主人究竟是喜愛，還是討厭。她當然不恨他了，而如果說她眞的討厭過他，那麼這種情緒也早已轉成慚愧了。

儘管她開始時還不大願意承認自己已經對他產生好感，但事實上她早就因爲尊敬他而不再覺得他令人厭煩了。現在又聽到大家都說他的好話，以及昨天親眼看到他的爲人，於是尊敬之餘還感覺到心裡很溫暖，她甚至於開始感激他，不僅因爲他曾經愛過她，更因爲她斷然拒絕過他，但他卻一點也不計較，反而愛她如昔。她本以爲他不會再理她了，然而這一次的重逢，他卻好像急著要跟她重修舊好，而且極力想要獲得她親友的好感，還眞心眞意想介紹她和他妹妹認識，這麼傲慢的男人爲何一夕間變得如此善意？而且還深深地打動了她的心呢！她既然已經開始尊敬他、感念他，接著就是關心他的幸福了。她自問是否願意大膽地去左右他的幸福。她相信自己還是能夠讓他再次提出求婚，問題只在於她願不願意釋出所有善意，讓雙方都幸福。

安排一場田園之旅，莉琪的本意是要弭平心裡的多道傷痕，其間有達西刺傷她家人、尤其是傷害她姊姊的痛楚，還有她得被迫看清一直以來心儀的威克漢，其實眞面目根本不値一顧。在情人這面鏡子的照映下，照出了父親的庸懦、母親的愚騃、姊姊的無辜，以及妹妹的放縱無知……，一下子看穿了自己家人的所有弱點，教人情何以堪？湖光山色也許眞能使人忘記一時的煩憂，然而最好的處方，對珍．奧斯汀來說，是進一步敞開心胸，修正自己，接納別人，尤其是接納情人的所有優點和缺點。擁抱大自然的心胸，換個角度即成了包容對方的心境，同時也將自己所有的一切毫不隱藏地呈獻出來，這樣或許是危險的，但也唯有如此，才能絕處逢生，讓感情開花結果。過度保護自我，也許周全了身家性命，卻同時扼殺了我們期待已久的幸福與浪漫。

世界文學評賞課

3

第三章

姊姊妹妹對照記——前期作品中的女性情緣

相較於珍・奧斯汀小說裡少有的母女親密關係，她的前期作品中卻總是不乏姊妹情深的刻畫。女作家分別和母親、姊姊之間所形成的兩種距離，可以用她自己信中的一小段話來玩味：

我非常喜歡那件長裙，可是母親卻覺得非常難看。

珍與奧斯汀太太的對立，以及和姊姊之間無話不談的親密，已經宛然在目。在《傲慢與偏見》裡，達西的求婚對莉琪內心所造成的震撼，使她不可能不找人傾訴，儘管她通常顯得理性，連痛哭都只是半個鐘頭，不長不短的時間剛剛好表達了那種痛快、果決的脾氣。然而她講述祕密的對象卻不是親生母親，而足溫柔和善的大姊，而且她決定在敘述的過程中，繞過有關姊姊的部分，以免琴恩傷心。

琴恩聽說了求婚的經過後，首先感到驚訝，接著便覺得自己妹妹被任何人愛上都是應該的，因此最初雖然吃了一驚，稍後就覺得不足爲奇了。她替達西先生感到惋惜，他實在不該用那樣的方式來傾訴衷曲，而且她同時也想到，妹妹這樣的拒絕，會給他造成多大的難堪！

「唉，他至少不要讓你看出這種態度嘛！可是，你這樣地拒絕又不知會令他多失望啊！

莉琪回答道：「我也很替他難過，可是，他既然還有那麼多顧慮，可見他對我的好感可能也不會持久。你總不會怪我拒絕他吧？」

「怪你？噢，不會的。」

接著莉琪又把事後達西先生來信，說明有關威克漢先是自動放棄牧師職位，既而要求達西給他錢，最後竟誘拐達西的妹妹以爲詐財的種種劣跡告訴姊姊。可憐的琴恩，即使遍歷人情世故，也不會相信世上竟有這麼多罪惡，而這些罪惡竟都集中在一個人身上！她很想試圖說明這件事可能與事實有所出入，因爲她主觀的願望是一切都是誤會，但又不知道該如何解釋，才不致使任何一方受到委屈。

莉琪說：「他們兩個人一共只有那麼些優點，才勉強稱得上成爲一個好人的標準，而這些優點又在兩人之間游移，對我來說，我比較相信達西先生。」

過了好一會兒，琴恩才苦笑。「威克漢原來這樣壞啊！達西先生也眞是可憐！親愛的莉琪，你想想，當他知道你瞧不起他時會有多痛苦！甚至不得不把自己妹妹的私事都講出來！」

莉琪自覺到她與姊姊琴恩在個性上存在著互補的情況：「你知道嗎，有時就是因爲你過於大方，才使我對事物的態度愈趨小氣，要是你再爲他惋惜，那我就愈要輕鬆得飛起來了。」

「可憐的威克漢！他是那麼善良，那麼文雅。」

「他們一個優點潛藏其內，一個優點表露在外。」

「莉琪，你第一次讀達西的那封信時，和現在的看法一定已經不一樣了吧？」

「當然，我當時好難過，而且百感交集，但找不到人傾訴，也沒有你來安慰我，告訴我，我其實不像自己想像的那樣懦弱、虛妄和荒謬！噢，我眞的不能沒有你啊！」

「你在達西先生面前提到威克漢時，語氣是那麼強硬，眞是糟糕啊！現在回想起來，那些話還很不得體喲！」

「是啊。我不應該說得那麼毒，但我老早心存偏見了，又怎能不這樣呢？有件事想跟你商量，你說我應不應該把威克漢的惡行說出去，讓所有的人都知道呢？」

琴恩想了一會兒，「用不著讓他這樣難堪吧？」

「我也覺得不必。達西先生並沒有允許我把他所說的話對外張揚。他還希望，凡是有關他妹妹的事，都要盡可能保守祕密。說到威克漢不爲人知的事情，現在即使我說破了嘴，又有誰會相信？大家都對達西先生已經存有那麼深的成見了，要別人對他產生好感，相信沒幾個會願意。」

「是啊，而且揭發他的錯誤，還可能就會斷送了他的未來。也許他現在已經後悔了，想要重新做人了也說不定。得饒人處且饒人吧！」

經過這番對談以後，琴恩的性格加上之前已經描述過的容貌，使得這個人物形象已經幾近完美。如果班奈特太太在小說學裡是屬於相片型的扁平人物，那麼琴恩無疑更像油畫框裡的美人，她們都對照出莉琪像一顆彈性佳的皮球，不僅像立體，而且對突發事件有瞬間的反彈的作用力。

莉琪和姊姊談過話之後，心情已經平靜了許多。他不敢談到達西先生那封信的另一部分，也不敢向姊姊明說：賓萊先生其實是對姊姊情深意重。她認為一定得把所有的情況都弄明白了才能說出來，否則對姊姊會是二度傷害。

回到了家，她總算有機會來觀察姊姊的心情了。琴恩並不很快樂，她對賓萊仍未忘情，之前大概也沒有想到自己會對他如此情深吧！她所付出的情意就像初戀般熾烈，而她的年齡和品格更是將自己推向了堅貞不移的道路。琴恩癡情地盼望著賓萊還記著她，而她自己則把他看得比任何人都來得重要。多虧她是個識時務的女孩，看出了達西勸走賓萊的理由，所以也還不至於太鑽牛角尖。

有一天，班奈特太太說：「莉琪，你對琴恩的傷心事有什麼看法？我那天就跟你們妹妹說過，琴恩去了倫敦卻連個鬼影子也沒有見到，哼，他根本是個不值得愛的人，我看你姊姊這輩子也別想嫁給他了。」

「我看他不管怎樣都不會回到尼日斐莊園來了。」

「管他呢，又沒有人要他來，他眞是太辜負我女兒了。如果我是琴恩的話，才不受這窩囊氣呢！」

＊　＊　＊　＊　＊　＊

受到戰爭的影響，駐紮在附近的民兵團來了又走，年輕女孩們都很沮喪，只有班奈特家的兩位大小姐一如往常，而凱蒂和麗迪雅則是傷心到了極點，不由得埋怨起兩位姊姊冷漠無情。

她們總是悲痛地嚷道：「我們該怎麼活下去啊？莉琪，你還笑得出來？」

班奈特太太也跟她們一起傷心著，回想二十五年前，她也曾為了同樣的事情而陷入過空前的低潮。

莉琪很想嘲笑她們一下，但一股莫名的羞恥心突襲了她的樂趣，達西先生一點也沒冤枉她們，他說的全是事實，難怪他要阻止他朋友和琴恩的進一步發展。

但麗迪雅的憂傷沒多久就消失了，因為佛斯特團長的太太邀她去民兵團的新駐紮地布拉東。麗迪雅和班奈特太太簡直大喜過望，剩下凱蒂一人失意地長吁短嘆。麗迪雅根本就沒有注意到凱蒂姊姊的心情，她一向只顧自己高興。

「我不明白佛斯特太太爲什麼沒叫我去，」凱蒂抱怨道：「照說我比她還大呀！」

莉琪說道理給她聽，琴恩也勸她不必爲這種事生氣，但她都聽不進去。莉琪一直擔心小妹麗迪雅的放縱與糊塗，她想，這一去可能會把她毀了。於是只得暗示父親不許麗迪雅去，她把小妹平日有失檢點的地方都告訴父親，父親用心聽完，然後說道：「她這麼想去出醜，既不必花家裡的錢，又省得家人麻煩，難得有這樣的機會嘛！」

莉琪說：「麗迪雅輕浮慣了，到了布拉東一定又會引起騷動，那會拖累我們其他姊妹的。」

「拖累？」父親重複了一遍，「此話怎講？難不成她把你們的情人都嚇跑了！我的小莉琪呀，不用這麼多愁善感，那些動不動就被閒言閒語影響的小伙子，不值得你這樣惋惜。」

「你誤會了。我不是因爲吃了虧才來抱怨，我也不知道我究竟要表達些什麼，只是覺得麗迪雅這種不守分寸的性格，總有一天會破壞了我們的家族聲譽。我的好爸爸，你得想辦法管教管教她呀，不能讓她一輩子都這樣到處追逐。她才十六歲，就已經成了一個標準的浪蕩女，到處惹人笑話，她只不過仗著年紀輕，略有幾分美色，此外就什麼都沒有了。她愚蠢無知、腦袋空空，只知道去博得別人的好感，結果卻換來人們的輕視，現在，凱蒂也面臨同樣的危險。麗迪雅要她幹麼她就幹麼，根本就像個沒家教的小孩似的！我的好爸爸，難道你不這樣認爲嗎？」

班奈特先生眼見她心急了起來，就和藹地握住她的手說：「我的寶貝，你和琴恩走到哪裡，人家都會敬重喜歡你們的。你們絕不會因爲有了這兩個——甚至三個傻妹妹，就喪失了該有的體面。這次如果不讓麗迪雅到布拉東去，我們家恐怕會永無寧日。布拉東跟這兒不一樣，她即使再浪蕩，也還不夠看，那些軍官們會找到更出色的對象，就讓她得些教訓吧！我們總不能把她關在家裡一輩子吧！」

莉琪聽到父親這樣的見解，只好鬱鬱寡歡地走開了。不過莉琪終究不脫健康明快的基調性格：她相信自己已經盡了該盡的責任，至於要她為那些終將無法避免的不幸而憂愁或焦慮，那倒也不必。

如果讓麗迪雅知道她跟父親談了這些，她一定會氣炸了，在麗迪雅的想像中，只要到了布拉東即將能擁有無上的幸福。她夢想著那兒到處都擠滿了軍官，幾十個甚至幾百個素昧平生的軍官都爭著對她大獻殷勤，自己甚至一口氣同時對著好幾個軍官在淋漓盡致地賣弄風情……。

莉琪自回家以後，已經見過威克漢先生好幾次，她為了之前對他曾有過的情意而心虛不安，幸好現在這種情愫已然煙消雲散了。他過去曾以風度翩翩而博得了她的芳心，現在她已經知道他虛偽的一面，所以對他的感覺只剩下厭惡。他表達出要跟她重修舊好的意思，卻不知經過了達西求婚的一番波折之後，如今他的態度只會使她對人性灰心和生氣。她一想到眼前這個追求她的人，其實僅是個虛假、不務實的輕薄男子，就不免心寒，而他居然還自以為只要能讓他重來一遍，就一定能夠滿足她的虛榮，再度獲得她的芳心，也不管這中間空白了多久的時間。

民兵團撤離的前一天，威克漢問起莉琪到柯林斯家見到夏綠蒂等人好不好玩？莉琪為了氣他，就順勢提起威廉上校和達西先生，還問他認不認識費茲威廉這個人。

只見他頓時臉色大變，好一會兒後才笑臉迎人地說，以前常常見面的。他說威廉上校是個很有紳士風度的人，又問她喜不喜歡他？她熱情洋溢地回答說，喜歡得很呢！他於是刻意用一種不很在乎的口吻說道：「你剛剛說他在凱瑟琳夫人的莊園裡停留了多久？」

「三個星期吧！」

「你們常常見面嗎？」

「幾乎每天。」

「他和他表哥完全兩個樣。」

「的確，可是我想，達西先生只要跟人相處熟了也就親切多了。」

只見威克漢再度露出吃驚的表情：「哦！是嗎？我可否請問你，」他控制了一下自己的節奏，把說話的口吻變得愉悅些，「他跟人說話的語氣是否有改善？他比以前有禮貌了些嗎？我實在不敢想像……」他的聲音壓低了下去，變得有些嚴肅，「想像他變得和藹可親的樣子。」

「哦！」莉琪說：「但我相信他的本質還是跟過去一樣。」

威克漢聽到這話，不知是該高興還是該懷疑，心中充滿了揮之不去的焦慮和恐慌。

莉琪接著又說：「我所謂達西先生跟人相處熟了也就好了，並不是說他的思考邏輯和處世態度會改變，而是說，你與他相處得愈久，你就愈能了解他眞正的個性。」

威克漢這下眞的緊張起來，漲紅著一張臉，沉默了半晌以後，才想到要藏起那付窘樣。他轉身用最溫柔的聲調對她說：「我擔心他雖然是收斂了些，但只是爲了要在他姨媽面前做做樣子罷了，好讓他姨媽說幾句讚笑他的話。我很清楚，每當他在他姨媽眼前時，總是戰戰兢兢，力求表現，這還不是爲了想和德．包爾小姐結婚。我敢打賭，這是他念茲在茲的唯一大事。」

莉琪聽到這話，不禁一笑，她只會意地點了一下頭，並沒有作聲。她知道他又在打歪主意，想在她面前故技重施。這個晚上就這樣過去了，他外表還是佯裝得跟平常一樣開朗，可是並沒有打算再繞著莉琪奉承不已了。最後他倆客客氣氣地告別，也許彼此都希望永遠不再見面。

隨後，麗迪雅就跟佛斯特太太到布拉東去。麗迪雅和家人分別時，與其說當時的場面是離情依依，還不如說是快樂似神仙，只有凱蒂流了不少眼淚，可是她的哭泣卻是出於煩惱和嫉妒。班奈特太太再三叮嚀女兒好好地去散散心，盡情去玩個夠，只見麗迪雅得意忘形地對家人說再見，而且喊得好大聲。

琴恩和莉琪、凱蒂和麗迪雅是班奈特家裡兩對平時相親近的姊妹，前者在患難中相扶持，莉琪拒絕達西的求婚，一半的原因是爲了家人的尊嚴，另一半則是想到姊姊的幸福；然而，麗迪雅的心態卻正好相反，她不是有難同當的人，甚至不能有福同享，她開開心心去布拉東之前，竟連想都沒想過要爲凱蒂也爭取一同前往的機會，兩對姊妹的故事在前後章節裡，又再度形成了對照的喜劇。英國小說家毛姆曾據此質疑珍・奧斯汀在這五姊妹性格上的描述，怎麼看都不覺得這五姊妹是出自同一位母親。換成他是作者，也許要將兩位大女兒寫成班奈特先生前妻的小孩，更具有說服力一點。

＊＊＊＊＊＊

從《傲慢與偏見》、《理性與感性》兩部珍・奧斯汀的前期作品裡，我們不難觀察到她對姊妹情誼及其間的對比形象，有深入挖掘的興趣。就像達西先生不僅是傲慢，同時也帶有身分階級的偏見；而莉琪小姐也不僅是單純地對高貴世家的傲慢性格具有偏見，她在自己的仕紳階層裡，因爲年輕女性的自尊自重，亦多少帶有傲慢的氣質。因此，傲慢與偏見這兩項特徵，就不宜釘牢在某一個特定人物的身上，每一個人心中都有傲慢，眼中也有偏見，只是程度不同而已。

理性與感性，乍看之下似是艾麗諾與瑪麗安的分別寫照，這兩個概念表面上看來分屬於天平的兩端，然而現實生活則不僅僅如此。Sense的原始意義爲感官，後來可解釋爲理性，但不只是理性，有時也作感性解；Sensibilty則可理解爲運用感官的能力，亦即對事物的感知力，至於它應該被解釋爲理性或感性，則必須視上下文而定。於是，我們從珍．奧斯汀的書名中所接收到的訊息是，她在許多幾乎形成刻板印象的抽象概念上進行辯證式的思考，就像達西也有偏見，莉琪也會傲慢，艾麗諾與瑪麗安這對姊妹並不一定是完全在性格上對立的角色概念，作者藉由兩組三角戀愛，讓我們體會這對姊妹運用感官來體會人生與處理事物的方式互有異同。

故事的一開始先介紹達什伍德家在英國東南部的蘇塞克斯定居，而且已有些年代了。家裡置下一個偌大的田莊，府第就設在田莊中心的諾蘭莊園裡，世世代代一直過著體面的生活，並且贏得了四近鄉鄰的交相稱譽。已故莊園主是個單身漢，活到老大年紀，在世時，妹妹長年陪伴他，替他管理家務。不料妹妹早他十年去世，爲了塡補妹妹的空缺，他將侄兒亨利・達什伍德一家接來同住。亨利・達什伍德先生搖身一變，成了諾蘭田莊的法定繼承人，老達什伍德打算把家業都傳給他。這位老紳士有侄兒、侄媳及其子女作伴，日子過得倒也舒心。他越來越喜愛他們。亨利・達什伍德夫婦對他的照應，也使他晚年享盡了天倫之樂，而那些天眞爛漫的孩子更增添了他的生活樂趣。

亨利・達什伍德先生和前妻生下一個兒子，和現在的太太生了三個女兒。兒子已是個踏實體面的青年，當年他母親留下一大筆遺產，到他成年時有一半已經交給他了，這也爲他奠定了厚實的家底。此後不久，他也成了親，又增添了一筆財富。所以，對他說來，父親是不是繼承諾蘭田莊，遠不像對他幾個妹妹那樣至關緊要。這幾個妹妹假若不依賴父親繼承的這筆家業，她們將一無所有，因爲父親僅僅有七千鎊財產，而對前妻另一半遺產的所有權只在生前有效，他一去世，這一半財產也歸兒子承襲。

偏偏老紳士的遺囑指明，財產要世襲給亨利．達什伍德先生的兒子和四歲的孫子，這樣一來，他等於是無權動用田莊的資財，或者變賣田莊的珍貴林木，來贍養他那些最親近、最需要他的家眷。爲了那個孩子，全盤家業都被凍結了。想當初，這孩子只是偶爾隨父母親到諾蘭莊園來過幾趟，跟其他兩、三歲娃娃一樣，也沒有什麼特別逗人喜愛的地方，也不過牙牙學語，稟性剛強，好惡作劇，愛大吵大鬧，卻博得了老紳士的歡心。相形之下，侄媳母女多年關照的情分，倒變得無足輕重了。不過，老人也不想太苛刻，爲了表示對三位小姐的心意，好歹分給了每人一千鎊。

達什伍德先生起初極爲失望，但他性情開朗，滿以爲自己能多活些年歲，憑著這麼大的一個田莊，只要馬上改善經營，省吃儉用，就能從收入中存下一大筆錢。沒想到才短短一年的時間，他也追隨叔父而去了。在這突發的狀況下，他所能留給遺孀和女兒們的財產，總共不過一萬英鎊。

他臨終前叫兒子約翰來到跟前囑咐，達什伍德先生竭盡最後一點氣力，做了緊急的交代，要他千萬照應繼母和三個妹妹。

約翰・達什伍德先生對繼母和妹妹雖然不像父親那樣有感情，可是，此時此刻受到這般緊急託孤，他也深爲感動，答應盡力讓她們母女過充裕舒適的日子。父親聽到這番許諾，便也放寬心了。一時間，約翰・達什伍德先生竟有空計算起來：若是精打細算，他到底能爲她們盡多大力量。

然而，約翰的太太卻不作如是想。她的舉止很不文雅，使得她的婆婆達什伍德太太經常感到很不愉快，何況，達什伍德太太是個自尊心很強、做人慷慨大方又不拘小節的女人，對於唐突無禮的人，無論是否針對她，她都感到深惡痛絕。因此約翰的太太在婆家從未受過任何人的喜愛，直到今天她才有機會擺出一副在必要時，她可以全然不顧別人痛癢的態度。

達什伍德太太最厭惡這種仗勢欺人的行徑，因此更加鄙視她的兒媳。一見兒媳要來接收她們的房子，她就恨不得永遠離開這個家。幸而大女兒一再懇求，她才不至於太衝動，考慮到不能讓三個女兒餐風露宿，於是決定暫時留下來。爲了替女兒們留後路，眼前還是不要鬧翻爲好。

這樣的結果等於是大女兒艾麗諾的勸解奏效了。艾麗諾思想敏銳、頭腦冷靜，年僅十九歲，就常爲母親出謀對策。達什伍德太太性情過於急躁，做事總欠周到。艾麗諾能爲大家著想，所以經常站出來勸阻勸阻。她的心地善良，性格又溫柔，雖然感情強烈，然而她很會克制自己——對於這一點，她母親還有待學習，而妹妹瑪麗安決計一輩子也學不會。

瑪麗安各方面的才幹都堪與艾麗諾媲美。她聰慧、感受力很強，只是做什麼事都心急火燎的。她傷心也罷，高興也罷，總沒有個節制。不過她向母親一樣慷慨，也像姊姊一樣和藹可親，可就做事一點也不謹愼這個習性上，與她母親又是如出一轍。

艾麗諾經常擔心妹妹過於感情用事，但達什伍德太太卻覺得她有這樣的眞性情，是很難能可貴的。現在，她們兩人都陷入極度悲痛的情緒裡，互相感染，互相助長。那種悲痛欲絕的情狀，一觸即發，說來就來，反反覆覆地沒完沒了。她們完全沉湎於悲慟之中，越想越傷心，認定這輩子就這麼完了，誰來解勸也無濟於事。艾麗諾也很難過，不過她還能頂得住，盡量克制，也能同哥哥商量事情，嫂子來了也只有她以禮相待。她還勸母親也要多加忍讓。

最小的妹妹瑪格麗特是個活潑天眞的小姑娘，十三歲的年紀讓她不可能趕上涉世較深的大姊，卻已經不由自主地染上二姊的浪漫氣息，只是不及二姊聰明。這三位姊妹其實只分爲兩類，艾麗諾天生感情強烈而又頭腦冷靜，她雖然年紀很輕，選擇對象時，卻不專注於外在儀表，而更重視對方的品行。她愛上了嫂嫂的大弟弟——坦率熱忱的愛德華，卻沒想到愛德華對她隱瞞了已經訂婚的事實。這個祕密後來由他的未婚妻露西道出，因爲露西發現了愛德華與艾麗諾之間隱然的情愫，於是決定表面上與她交心，實際上是要進行一場未婚夫的爭奪戰。

珍・奥斯汀善於觀察人性，尤其刻畫女性的弱點，非常深刻微妙。露西爲了打擊艾麗諾而故意透露她的祕密婚約，可是善良的艾麗諾卻在煎熬之中爲她保守了祕密。她儘管傷心，卻能克制自己，以至外表看來若無其事。後來，愛德華爲了信守與露西的婚約，而被母親一氣之下奪走了財產繼承權，露西卻又勢利地離開他，攀上了可以繼承遺產的愛德華的弟弟。故事至此，艾麗諾仍一往情深，答應與愛德華終身結伴，愛情經歷了考驗，鍛鍊出更精純的質地。

與艾麗諾的故事形成對照的是瑪麗安的愛情觀，她也聰明靈慧，只是感情豐沛，愛作夢，尤其是對愛情始終抱著浪漫的憧憬，幻想著心目中的白馬王子是個人品出衆、風度迷人的少年郎。所以當三十五歲，老成持重的布蘭登上校對她表達好感時，她只覺得他太老了，老得沒有資格談一場轟轟烈烈的戀愛。不久之後，她在意外受傷的情況下，遇見了救美英雄威洛比，隨即陷入熱戀。戀愛中的甜蜜毫不避諱地流露出來，讓姊姊艾麗諾以爲他們私下已有婚約，但是突如其來的噩耗卻是威洛比的惡意遺棄，這使得瑪莉安陷入無止盡的悲慟中，其間一度喪失理智，不欲求生。好不容易走出了這場沉痛的教訓之後，她在情感態度上，逐漸與姊姊相近，理智的意念油然升起，同時她也發覺布蘭登上校總會在她身旁。

過去的種種讓她學會了，感情有時也應該受到理性的約束。

台灣導演李安與英國女編劇兼演員的艾瑪．湯普森（Emma Thompson），根據小說原著所改編的電影，將十九世紀英國鄉間中產階級女性生活的思想與空間，恰到好處地表現出來。尤其是鏡頭輕輕帶過草坡、小屋、湖濱，以及地上的泥巴與牛糞等細節的處理，在在增加了家庭生活的溫馨感受。劇中代表理性的艾麗諾總是和居家畫畫聯繫在一起，她的身影出現在馬房、菜園和廚房裡，她不分晝夜地照顧病中神智昏迷的的瑪麗安，處處顯出顧家、溫良的性格。而代表感性的瑪麗安則經常被安排在曠野中表現她的不羈與迷惘。在一整片的青草坡上，瑪麗安盡情地發洩她的得意與失意。當她心頭惶惑不安時，背後的天空也正是一片風雨如晦。

電影的結局是當艾麗諾得知愛德華退婚恢復單身後，感情突然潰堤，她的痛哭似乎訴說了所有的委曲與欣慰，其中也飽含了對艾德華的疼惜；瑪莉安則是接受了布蘭登上校的求婚，象徵著過度的感性將受到理性的收攝。理性與感性在此刻交流成一道活渠，讓讀者與觀眾以自己的感知去領會，理性與感性的存在，以及其間所該拿捏的分寸。珍・奧斯汀是熟悉歐洲古典文學與哲學等書籍的，她接觸過的經典至少有米爾頓、莎士比亞，以及十八世紀的認識論等。後者強調人對萬物的認識其實都從一種先驗的綜合活動中得來。同時哲學家康德將對於存在的認知，建立在理性存在（如：上帝的存在、永恆、道德等）與現象存在（例如：桌子、椅子、草木等）兩個相對卻不相侵的範疇中。康德認爲屬於理性範疇的「形而上」世界，不能被「形而下」的世界所驗證。他推翻了當時流行於歐洲的形而上學術體系。由於開拓了從主客體關係去探討哲學根本問題的新方向，於是提出了以「二律背反」爲核心的辯證法。《理性與感性》所用的辭彙不是Reason與Feeling等一般生活用語，而是哲學家休姆與洛克提出的Sense與Sensibility，珍・奧斯汀試圖以小說，尤其是婚戀小說的形式，來呈顯「二律背反」的辯證關係，顯見她的寫作多少也受到哲學思維的影響。關於辭彙的運用，英國作家毛姆（W. S. Maugham, 1874-1965）也曾經注意到珍・奧斯汀的用字：

她傾向於使用拉丁來源的字甚於素素的英語字，愛用抽象甚於具象。這使得她的辭彙帶有一點拘泥感，倒也不討人厭：說眞的，往往使如珠妙語更有力，惡毒的話更有不苟言笑的趣味。（宋碧雲譯，二〇〇一）

* * * * *

姊姊妹妹的性格對照，乃至於在人生閱歷中所產生的辯證關係，繼續發揮到珍・奥斯汀的第三部小說《曼斯菲爾德莊園》裡。故事一開頭說道：大約三十年以前，住在亨丁頓的瑪利亞・華德小姐，運氣很好地以僅僅七千英鎊的嫁妝，贏得了諾坦普頓郡曼斯菲爾德莊園托馬斯・貝特倫爵士的傾心，一躍而成爲一個準男爵夫人，往進了漂亮府邸，每年都有大量的收入，眞是享盡了富貴與排場。亨丁頓的人們往往津津樂道於這門親事，連她那位當律師的舅舅都說，她名下至少得再加三千英磅，才有資格嫁到這樣的人家。她富貴起來後，連帶地姊姊、妹妹也都自然跟著沾光，親戚朋友們對這三姊妹從小的評價是，大姊華德小姐和妹妹法蘭西絲小姐長得不比瑪利亞遜色，於是猜想到她們兩人會不會也嫁給同樣高貴的人家。但是依照後來的事實看來，天底下腰纏萬貫的男人肯定少於有資格嫁入豪門的美女。蹉跎了五、六年，華德小姐最後只好愛上她妹夫的一位朋友，幾乎是一點財產也沒有的諾利斯牧師，法蘭西絲小姐的命運更不如華德小姐。其實華德小姐的婚事還不算寒傖，因爲托馬斯爵士樂於幫助朋友，以至於讓諾利斯先生做了曼斯菲爾教區的牧師，給他提供了一份俸祿，因此，諾利斯先生和華德小姐結婚之後，每年的收入差不多有一千英鎊。

然而法蘭西絲小姐的婚事，就教娘家人抬不起頭來了，她居然看上了一個沒有讀書，沒有財產，也不是出身名門的海軍陸戰隊中尉，爲了她的婚事，娘家的人都和她翻臉，斷絕往來，她們認爲，她隨便嫁給誰都比嫁給這個人強。托馬斯·貝特倫爵士是個很體面的人，所以按照人之常情，他當然希望與他沾親帶故的人都能受人尊敬，以維護家族的面子。因此，他願意利用自己的人情關係幫自己的小姨子一點忙，可惜她妹夫所做的工作與曼斯菲爾德的生活圈相隔太遠，使他無人可託。就在他想出別的法子來幫助他們之前，姊妹之間已經澈底絕裂了。珍，奧斯汀不由得感嘆道：

這是雙方行為的必然結果，大凡魯莽輕率的婚事都會帶來這種後果。

小妹法蘭西絲知道無論說什麼，家裡都不會同意，所以先斬後奏，結婚之後才寫信告訴家人。二姊貝特倫夫人向來心情平靜，秉性隨和而略帶懶散，對妹妹只是不理睬，把這件事情置之腦後。但是大姊諾利斯太太卻是個多事之人，她按捺不住性子，給小妹寫了一封長信，罵她行爲愚蠢，並且列舉了她的這種行爲可能招來的一切惡果。普萊斯太太被罵得也發起火來，她在回信中把兩個姊姊都痛罵了一頓，並且還毫不客氣地對托馬斯爵士的傲慢也指摘了一番。諾利斯太太接到這樣的回信，看過之後自然又轉給托馬斯爵士夫婦，於是他們和普萊斯太太之間多年不再通信。

他們居住的地方彼此距離非常遙遠，雙方的生活範疇又毫不相干，因此，在往後的十一年裡，姊妹間幾乎是不管對方是死是活。但是教托馬斯爵士非常不能理解的是，諾利斯太太怎麼能隔不了多久就怒氣沖沖地告訴他們一次：「小妹又生了一個孩子！」然而，十一年後，普萊斯太太已人窮志短，不得不再和兩位姊姊聯繫。因爲孩子一大堆，並且還在一胎一胎地生，丈夫成了殘廢，卻還不忘以美酒佳餚招待朋友，一家人的吃穿用度，都從一點小小的收入來維持。於是，小妹急切地想與她過去輕率拋棄的親戚們恢復關係。她給貝特倫夫人寫了一封信，言語淒涼，滿紙悔恨，說自己只有兒女過多，其他樣樣都缺，因此，她想同姊姊們言歸於好。她就要生第九胎了，在訴說了一番自己的苦境之後，求他們給即將降世的孩子當教父、教母來幫助養育這個孩子，甚至直截了當地說，現有的八個孩子將來也要仰仗他們。她的大孩子是個男孩，已經十歲，漂漂亮亮，生氣勃勃，將來想到海外去，但是她沒有辦法滿足孩子的心願。所以想請問托馬斯爵士在西印度群島上的產業將來有沒有可能用得上他？叫他幹什麼都行。還有，托馬斯爵士覺得伍里治陸軍軍官學校怎麼樣？以及她該怎樣把另一個孩子送到東方去？

信沒有白寫。大家氣消了，又對她關心起來，托馬斯爵士對她表示友好，並且盡量替她出主意，貝特倫夫人給她寄錢寄嬰兒穿的衣服，諾利斯夫人則負責寫信。

這封信所發生的效果還包括，不到一年，諾利斯太太從那一大堆孩子當中挑出一個來認領撫養，她說：「她的大女兒已經九歲了，她那可憐的媽媽不可能使她得到應有的照顧，我們讓她少負擔一個，把這個接來怎麼樣？這肯定會給我們帶來些麻煩，增加些費用，但是這照顧算不了什麼，因為這是行善啊！」貝特倫夫人立即表示同意：「我想，這樣做是再好不過了，」她說，「讓我們把這個孩子叫來。」

托馬斯爵士卻顯得審慎多了。他顧慮重重地說：「這個擔子很重，一個女孩子由我們來撫養，吃的穿的都得像個樣子，此外，讓她離開自己的一家人，這不是行善，而是殘酷。」他想到了自己的四個孩子，其中有兩個男孩，以後會不會造成表哥與表妹之間談戀愛的問題？但是諾利斯太太打斷了他的重重顧慮：「親愛的托馬斯爵士，我完全理解你的意思。你的想法很周到，完全符合你平常的爲人，這一點我也看得出，所以我完全同意你的看法。要是把孩子領來，就得很好地供應她的需要。我保證，在這件事情上，我絕對不會不竭盡我的微薄之力。我自己沒有孩子，除了照顧自己妹妹的孩子外，我還能照顧誰？我相信我先生也會幫忙的。只不過，他平常話不多，不習慣當著大家的面說出心裡的想法，其實我是希望我們不要因爲一點小小的困難而嚇得好事做不成。讓一個女孩子受良好的教育，把她正式地引進社交界，讓她慢慢地建立起一個美滿的家庭，獨立負擔自己的生活。托馬斯爵士，我敢說，讓我們的外甥女在我們這個環境裡長大成人，對她肯定會有許多好處。何況她也是你的外甥女！也許她不一定能出落得像她的兩位表姊一樣漂亮。但我敢斷定，如果能在這樣好的條件下把她引進這個地區的社交界，她完全有可能找到一個體面的人家。你不用顧慮你的兩個兒子會出問題，因爲，他們將來勢必像親兄妹一樣在一起長大，你擔憂的事情是絕對不會發生的。實際上，這還是個預防他們之間結合的唯一可靠辦法。試想，如果她是個漂亮的女孩，七年後讓湯姆或艾德蒙第一次見到，我想事情只會更糟糕。一想到她是在遙遠的地方，在無人疼愛的窮苦生活中長大的，就足以使天性敦厚的青年愛上她。但是，如果從現在起就讓他們在一起生活，即使她將來美如天仙，他們也只能把她當妹妹看待。」

「你的話很有道理，」托馬斯爵士答道，「我絕不是有意想些理由來阻撓一個對雙方都很合適的計畫，我只是想提醒大家，不能夠輕率從事，要想把這件事情做得眞正對普萊斯太太有所幫助，而且使我們自己也無愧於心。將來即使沒有體面人家的子弟願意娶她，我們也有義務確保她的生活符合一位小姐的身分。」

「我完全理解你，」諾利斯太太叫道，「你眞是慷慨大方，對人體貼到了極點，我相信我們在這一點上永遠會意見一致的，你很清楚，只要對我所愛的人有好處，凡是我能辦到的，我會竭盡所能。雖然我對這個女孩子的感情不至於超過對你的孩子們，同時也絕沒有像看待你的孩子們那樣把她看做我自己的孩子，但是，我要是不去管她，我將來會責備自己：她難道不是我妹妹生的嗎？當我還可以給她一口飯吃的時候，我能忍心看著她挨餓嗎？親愛的托馬斯爵士，我雖然有種種缺點，但我的心卻是熱的，我雖然貧窮，但我寧肯省吃儉用，也不能對人小器。因此，如果你不反對，我明天就寫信給我那可憐的妹妹，向她提出這個建議。一旦商量好了，我就負責把孩子接到曼斯非爾來，不需你操心。至於我自己受點辛苦，你知道，我是從來不在乎的。我派我們家的女僕南妮到倫敦去辦這件事情，她可以住在她堂哥的馬具店裡，叫孩子到那裡去找她。孩子從樸茨茅斯到倫敦並不困難，只須把她送上驛站馬車，再託一個名聲好的生意人的妻子，或是別的什麼信得過的同路人，沿途照顧一下就行了。我想從樸茨茅斯到倫敦的路上不至於遇不到一個好心人。」

這樣節省開銷的作法，不禁令讀者吃驚。諾利斯太太之前信誓旦旦地說因爲自己沒有兒女，所以會盡力照顧外甥女的一輩子，並讓她成為名門閨秀，怎麼一翻眼就連接待她的規格都儉省得不像話？而且她不讓外甥女住在自己的牧師住宅裡，卻把她推到曼斯菲爾德莊園的托瑪斯爵士身上？這一切的安排誠然顯示了諾利斯太太性格上的缺陷，但珍・奧斯汀一時並不點明，只是藉由情節的往下鋪陳，讓人慢慢體會到她的為人。

托馬斯爵士只是認為不宜在南妮堂哥家的馬具店裡會面，此外再沒有發表任何反對意見，因此，他們決定換一個比較體面的辦法來迎接外甥女。一切安排停當後，大家都因為要做了一件慈善的事情而沾沾自喜。嚴格來說，每個人心裡的滿意程度不同。現在已經決定，由托馬斯爵士來做這個孩子的眞正永久撫養人，而諾利斯太太卻毫無意思為孩子的生活破費分文。珍・奧斯汀尖銳而俏皮地諷刺了這位表面上說得口沫橫飛，天花亂墜，內心卻比誰都慳吝而且對於自己的缺陷毫無自覺的諾利斯太太：

跑跑腿、說說嘴、出點主意，就這方面而言，她倒是十分慈悲的，誰都不比不上她大方。但是她愛錢的程度也不亞於她愛指揮別人，她懂得怎樣花別人的錢，也同樣懂得怎麼省自己的錢。

諾利斯太太這樣貪財，再加上對小妹並沒有眞正的感情，最多只是給這麼一樁費用頗大的慈善事業出出主意，作點安排，再多她是絕不會幹的。不過她並無自知之明，在這次談判之後，在返回她那牧師住宅的路上，說不定她還沾沾自喜地認爲自己是天底下最厚道的姊姊，最有愛心的姨媽呢！

還沒結婚前，她原本一直盼望能嫁到一個富有的人家，結果只找了個收入並不怎麼樣的丈夫，從此她就開始精打細算起來。起初只是出於謹愼，不久竟成了根深柢固的習慣。珍・奧斯汀解釋道：「像她這樣的女人，若是有兒女要撫養，可能就不至於成爲守財奴，但是就因爲她沒有兒女需要操心，因此養成了她一味節約的性格。她就在數著年年有餘的鈔票中，得到了人生唯一的慰藉。」作者在諾利斯太太身上所挖掘到深刻的女性弱點，可與《理性與感性》中的約翰・達什伍德太太相互輝映，但前後兩人在身分地位與脾氣性格，乃互於家中地位等處又存在著很大的區別，這是作者在同一類型人物上所下的功夫，以致使我們既認清了她們的眞面目之餘，又不致使讀者在這兩個人物身上感到重複。

當接待外甥女的問題重新提出來討論時，諾利斯太太更清楚地表示了自己的觀點。貝特倫夫人心平氣和地問她：「姊姊，孩子來的時候先住到哪裡，住到你家還是住到我們這裡。」她回答說，她絲毫沒有能力分擔照顧這個孩子的責任。托馬斯爵士在一旁聽了有些吃驚。他一直以爲孩子住到牧師家裡會特別受歡迎，大姨媽膝前沒有兒女，會希望她去作伴，但是他發現自己完全想錯了。諾利斯太太抱歉地說，這個小女孩絕對不能住到她家，至少就眼前的情況看來絕對不行。可憐的諾利斯先生身體不好，因此不可能這樣安排。他絲毫不能忍受家裡有個孩子吵吵鬧鬧。的確，如果他的痛風病能夠治好，情況就不同了，那時輪到她接待，她會高高興興地叫孩子住到她家，方便不方便她都毫不在乎。但是現在，可憐的諾利斯先生無時無刻不要她照顧，而且一提起這件事情，他就會心煩意亂。

「那麼，最好讓她到我們這裡來吧！」貝特倫夫人極其安詳地說。過了一會兒，托馬斯爵士莊重地說：「好吧，就讓她把這裡當做自己的家吧！我們將盡力履行我們對她的義務，她在這裡至少有個好處：有和她年紀相仿的孩子作伴，有正規家庭教師教她。」

「說得很對，」諾利斯太太叫道，「這兩個條件都很重要：李老師教三個女孩和教兩個都一樣——不會有多大差別。我自恨不能幫更大的忙。不過，你知道我是有多大力盡多大力。我不是個遇事後退的人。儘管我處處離不開南妮，我還是派南妮去接她，一去就是三天。我想妹妹，你可以把這個孩子安置在靠近原來育兒室的那間小小的白色閣樓裡。那對她來說是個最好不過的地方，離家庭教師也很近，離她的兩位表姊也不遠，並且又靠近女僕們，隨便哪個女僕都可以幫她梳洗打扮，照料她的衣服。我想你不會讓愛麗絲除了伺候兩位小姐外還去伺候她，那樣你會感到是對愛麗絲的不公。除此之外，我看不出你還有什麼更合適的地方安置她。」

貝特倫夫人沒有反對。

「我希望這孩子性情好，」諾利斯太太接著說，「會因爲有了這樣一群表哥、表姊而變得非常幸運。」

「要是她的性情實在不好，」托馬斯爵士說，「爲我們自己的孩子著想，我們就不能讓她在我們家裡住下去了，不過我們不應該事先預設她會有任何缺點。也許她有不少沒教養的壞習慣和粗俗的舉止，讓我們覺得必須糾正，不過，這些缺點不是不能克服的。假使我的兩個女兒比她小，我就會認爲叫這麼個孩子來和她們在一起生活是一件非同小可的事情。既然是她們比她大，我想，叫她們三人在一起，對她們兩人來說就沒有什麼可怕了，對外甥女來說，可能還會受到好的影響也不一定。」

「這和我的想法完全一樣，」諾利斯太太叫道，「和我今天早上對我丈夫說的那番話完全一樣。我對她說，能和她的兩個表姊在一起，這件事情本身就會使她受到教育，如果李小姐不教她，她也可以從表姊們那裡學到很多。」

「我想她不會去逗我那隻可憐的哈巴狗吧？」貝特倫夫人說，「剛才朱麗葉要逗牠，我都不肯。」

「三個女孩子一天天大起來的時候，」托馬斯爵士說，「怎樣在她們之間定個適當的界線，在這個問題上我們會遇到困難：怎樣使我的兩個女兒既要心裡一直記住自己的身分，又要使她們不過分看不起她們的表妹；怎麼樣既不使她過於自卑，又要讓她記住她不是一位貝特倫小姐。我倒是希望她們成爲非常要好的朋友，我們也要注意盡量不使兩個女兒在這位表妹面前有一點點傲慢與自大，不過，她們的身分總還是不同。可以繼承的財產與應享的權利，以及可以指望的前途永遠是有差別的。這是一個非常困難處理的問題，你必須幫我們隨時注意。」

諾利斯太太隨口答應願意幫忙。雖然她完全同意他的看法，認爲這是件十分困難的事情，不過她又勸他說，這件事情其實很好處理。

讀者自會料到諾利斯太太給三妹的信必然會得到肯定的答覆。只不過普萊斯太太感到奇怪的是，她們面對這麼多漂亮的男孩子不要，爲什麼偏要一個女孩子？她雖不能理解，不過，還是千恩萬謝地接受了大姊的建議，並向她們保證自己女兒的性情、脾氣都非常好，相信他們永遠找不到理由不要她。接著她寫道，這個孩子有點瘦小單薄，但她相信，只要換換環境，孩子會有所改變的。

可憐的女人哪！她大概認爲她那一大堆孩子都該換換環境吧！

珍．奧斯汀的慨嘆往往出現在故事即將告一段落的時刻，像警鐘一般地撼動了讀書們的心。提醒我們許多人生實存處境的悲涼景況。事實證明兩位表姊將來的種種作爲，才眞是失去了大家閨秀的風範，而小外甥女對於托瑪斯爵士的兩位公子的照顧與啟迪，尤其是對於次子艾德蒙在感情上的溫柔守候，又豈是當初他們打算接她來到曼斯菲爾德莊園時所能想像？究竟誰對誰有好的影響？誰的舉止需要糾正？都有待日後見分曉。就像《理性與感性》裡的瑪麗安，當初一口咬定布蘭登上校老得沒有資格談戀愛了，誰知她最終深深愛戀，並託付終身的正是布蘭登。作者的諷刺喜劇經常是不到結尾，不能完整呈現，因此她的描繪雖然耽溺在生活細節裡，然而敘事結構卻不零散，可見珍．奧斯汀是如何掌握故事全局了。

這個小外甥女終於一路平安地完成了她的長途旅行，到了曼斯菲爾德莊園，諾利斯太太出來接她。諾利斯太太覺得自己第一個來歡迎她，又親自領她去見別人，把她介紹給大家，功德無量，心裡樂孜孜的。

芬妮．普萊斯今年剛滿十歲，雖然還看不出有多漂亮，但至少沒有任何地方叫親戚們覺得討厭。她的個子看起來比實際年齡小，也沒有煥發的容光，而且非常羞怯怕人，風度舉止雖不夠俐落，卻也不俗氣。她的聲音甜美，說起話來，小臉還是很可愛的。托馬斯爵士夫婦非常熱情地接待她。爵士看出她膽小拘束，需要鼓勵，便盡量使自己的言語態度溫柔平易，不過，他天生嚴肅深沉，想做到這一點是頗費力氣的，而貝特倫夫人用不著費力，就能展現親和力，尤其是當她和氣地一笑，便立即使芬妮感受到她沒有托馬斯爵士那麼可怕。

孩子們都在家，在見面的過程中都表現得十分得體，高高興興地，絲毫沒有約束感，至少兩個男孩子是這樣的。哥哥今年十七歲，弟弟十六歲，個子此一般十六、七歲孩子還高，在他們小表妹的眼裡，這兩位表哥看起來與大人無異，兩個表姊由於年齡較小，也比較怕父親，以至於表現得不像哥哥們那樣大方。不過，她們平常總有機會和客人應酬，也受慣了表揚，所以不再有芬妮那種天生的羞怯。看到表妹毫無信心，她們更加自信了。她們很快便能夠態度從容地，甚至於有點不在乎地端詳表妹的長相和她身上的衣服。

托瑪斯爵士一家人可謂個個都是一表人材，兩個男孩子非常好看，女孩們也無可挑剔，而且都發育得很好，個頭此實際年齡要高，如果說教育使他們與表妹在談吐上形成了明顯差別的話，那麼，良好的發育也使他們與表妹在外觀上形成了醒目的差別。任誰也猜不到，兩位表姊與芬妮之間的年齡如此相近。實際上二表姊比芬妮只大兩歲。朱麗葉才十二歲，瑪麗亞也不過比朱麗葉早生一年。小客人這時候心裡非常難受，面前的每個人都使她害怕，她自慚形穢，同時也想念著自己剛剛離開的家庭，她不敢抬頭看人，不敢大聲說話，一開口就禁不住想哭。諾利斯太太一路上一直對她述說她能到這裡來是多麼幸運，應該感激萬分，應該好好表現，因此，她覺得自己現在這樣愁眉苦臉是忘恩負義，是心地不好，這個想法更加重了她的悲傷。漫長旅途的勞頓很快起了不可抑制的作用。儘管托馬斯爵士好心好意不惜屈尊地和她攀談，儘管諾利斯太太親熱地一再說她會成爲一個好孩子，儘管貝特倫夫人笑容可掬，讓她和自己心愛的小狗一起坐到沙發上，儘管她看到了草莓夾心餅乾時有些動心，然而這一切都起不了多大作用，她還沒吃兩口便潸潸落淚，再也吃不下去，似乎她最需要的是睡眠，於是她被送到床上哭著進入夢鄉。

「一開始就這樣，以後不一定好辦，」諾利斯太太在芬妮離開之後說，「在來的路上我給她說了那麼多，我原以爲她會表現得好些。我對她說過，一開始表現好壞會有很大的關係。我但願她的性格不會太陰鬱——她可憐的母親是相當陰鬱的人，不過，我們必須體諒這孩子，畢竟她是因爲離家而傷心，這不一定就表示她以後也不會開朗，她家雖然問題很多，但總還是她的家嘛，她現在還不理解自己的處境已經比在家時好多了，不過，她以後就會慢慢知道了。」

然而，芬妮適應曼斯菲爾德莊園這個新奇的環境，以及適應與她熟悉的一切分離，比諾利斯太太認爲所需要的時間還長。起初，芬妮非常傷心，人們不理解她，所以也不知道該如何安慰她。誰都想對她好，可是誰都不知道該怎麼做。

後來爵士讓貝特倫家的兩位小姐放假，有意給她們時間，叫她們和小表妹彼此熟悉，並陪她玩耍，但是結果她們之間並不怎麼融洽。她們發現她只有兩條彩帶，並且從來沒有學過法語，便不由得輕視她，她們表演拿手的二重奏給她聽，卻看到她沒有什麼反應，於是只好把她們最不愛的玩具大大方方地送給了她，由她自己玩去，而她們呢，去玩當時她們最喜歡的假日遊戲——做假花或者剪疊金箔。

芬妮無論是在表姊們身旁還是不在她們身旁，不論是在課堂、客廳還是在灌木叢間，都感到同樣的孤獨，她覺得每個人，每塊地方都有點可怕。貝特倫大人的沉默使她膽怯，托馬斯爵士冷峻的面孔使她顫慄，諾利斯太太不斷的告誡使她慌亂，表姊們議論她的個子矮使她感到羞辱，說她見人不夠大方又讓她更加臉紅。李老師則發現她什麼都不知道，連女僕們都譏笑她穿的衣服很寒酸。以前在家裡和兄弟妹妹們在一起玩耍，自己曾是孩子王，既是他們的小老師，又是他們的保姆，想到在家時的情景，與現在的情況眞有天壤之別，這些傷心的事情，教她那幼小的心靈感到異常沮喪。

曼斯菲爾德莊園的房舍堂皇壯麗得使她吃驚，但並不能給她安慰，房間過分寬敞，她在裡面走動經常感到不安；她碰到每一樣東西，都怕會碰壞，她躡手躡腳徘徊在各處總是感到深深的恐懼，於是她只得回到自己的房間去哭泣。夜裡當這位小姑娘離開客廳之後，大家在客廳裡說，她似乎已如大家所願，認識到自己交了好運。然而實際上她是嗚嗚咽咽進入夢鄉的。這些日子以來，她已經習慣了用哭泣來結束自己一天的悲哀。一個星期就這樣過去了，由於她遇事默默順從，大家誰也沒有看出她的哀傷。直到她的二表哥艾德蒙有一天早晨不小心發現她坐在閣樓的樓梯上哭泣。

「親愛的小表妹，」他出自善良的天性極其溫柔地說，「你怎麼啦？」他在她身邊坐下，盡心使她克服由於啼哭被人發現而感到的難爲情，並勸她把什麼都說出來。還問她是不是不舒服，或是誰惹她生氣了？又或者是和瑪麗亞、朱麗葉吵架了？功課有不懂的地方，他可以教她。總而言之，如果她需要什麼東西，他可以替她弄來；如果她要辦什麼事情，他也可以替她辦。悶了很久，得到的答覆只是「不，不——完全不是——不，謝謝你。」但是他依然繼續往下問，他一提到她的家，她就更加泣不成聲了，於是艾德蒙總算明白她傷心的原因了。他安慰她說：「你離開媽媽感到難過，我親愛的小芬妮，」他說，「這說明你是個好孩子。不過，你要記住，你是和親戚朋友們在一起，我們都愛你，都想使你快樂。我們到花園裡去散步吧，把你的兄弟妹妹們的情況都說給我聽。」

他聽她敘述，發現儘管所有的兄弟妹妹都教她難捨難分，但其中最使她想念，也是她談得最多、最想見到的人是哥哥威廉。威廉比她大一歲，是家中最大的孩子，是她形影不離的伙伴和朋友，由於媽媽最疼他，每逢她闖了禍被媽媽責怪時，他總護著她。「威廉不希望我到這裡來，他對我說他會非常想念我。」「你放心，我相信威廉會寫信給你的。」「是啊！他答應過要寫信給我，但是他叫我先寫給他。」「那麼你什麼時候寫呢？」她低下頭來遲疑地說：「我不知道。我沒有紙。」

「如果你就是為這難受，我給你紙，你寫信需要什麼我都給你，你想什麼時候寫就什麼時候寫。給威廉寫信能使你開心吧？」

「是啊，眞的很開心！」

「那麼說寫就寫吧。跟我到早餐室去，那裡筆墨紙張什麼都有，並且肯定不會有人在那裡。」

「不過，表哥，這信怎麼送到郵局？」

「放心，我擔保信會送到郵局，和別的信一起送去。你姨父在上面蓋上「免費郵遞」的戳記，不用威廉再花一分錢。」

「姨父！」芬妮滿面惶恐地重複說。

「是的，你寫好信之後，我拿到我父親那裡去蓋戳記。」

芬妮覺得這樣做有點冒失，但並沒有進一步反對。他們來到了早餐室，艾德蒙幫她裁好紙，畫上了橫格，芬妮想，他的心腸之好可與她的哥哥相比，可能還比她哥哥還要細膩認眞一些。她寫信，他在一旁一直陪著她。她既沒有削鵝毛筆的小刀，有些字又不會拼，他替她削筆，並改正她的錯字。對她的這些關照，使她非常感激，尤其使她高興的是，他對她的哥哥表示友好。他親手在信後附上一筆問候威廉表弟，並且附寄給他半個幾尼。芬妮此時此刻深懷感激，只是言語無法表達。不過，她的表情和寥寥幾句質樸無華的語言已充分顯示出她的感激與興奮，她表哥此時也看出她是個討人喜愛的孩子。艾德蒙繼續和她聊天。從她的話裡感受到她有一顆溫柔善良的心，以及想把事情做好的強烈願望。他看得出來，她過於敏感，而且羞怯，所以應該得到更多的關心和照顧。他以前從來不曾有意使她痛苦，但現在他感到她需要的是更多的愛護。因此，他首先努力減少她對大家的恐懼，特別是婉言勸她和瑪麗亞及朱麗葉在一起玩，並且盡可能地開心起來。

從這天起，芬妮比原來自在多了。她覺得自己有了一個朋友，由於艾德蒙表哥對她友好，她和其他人在一起時心情也比原先好多了。這地方不再那麼使她不習慣，這裡的人們也不再那麼可怕了。即使他們中間還有些人仍令她害怕，她至少開始摸到了他們的脾氣，盡量適應他們。她起初引起大家議論紛紛並使自己惶惶不安的那些小小的粗俗無知和笨拙，自然而然地消失了。她已不再那樣怕見二姨父，聽到大姨媽諾利斯太太的聲音也不再膽顫心驚。兩位表姊有時也願意和她一起玩了。儘管由於年紀和身材都較小，以致於不是樣樣遊戲都能參加，但是，她們有時玩的遊戲必須有三個人，尤其是需要一個脾氣隨和順從的玩伴時，她就成為當然的成員了。當他們的三姨媽來信打聽芬妮的狀況，或者她們的二哥艾德蒙要她們好好照顧芬妮的時候，她們不得不表示：「芬妮的性情很好。」

艾德蒙一直對芬妮很好，而湯姆則只是像十七歲的青年人對一個十歲的孩子那樣，恰如其分的拿她開開心。他剛剛進入社交生活，所以顯得喜氣洋洋，就具有大家庭長子常見的那種豁達大度，認爲自己生來就是爲了花錢和享受的。他對小表妹的友好行爲符合他的身分和權利。他送給她一些非常好的禮物，但也開她玩笑。

隨著她眉展顏開，情緒變好，托馬斯爵士和諾利斯太太想到自己做的這樁好事就更加滿意了。他們很快得出一致的看法：這孩子雖然談不上聰明，但是性格溫順，看起來不會給他們增添多少麻煩。不過她顯然才華不足，雖然她會閱讀、會做家事、會寫字，但是僅此而已，其他方面都沒人教過她。兩個表姊也發現許多她們早已熟悉的功課，芬妮還一點都不會，她們認爲她很笨，頭兩三個星期，她們不斷地把這方面新的發現帶到客廳裡去彙報。「親愛的媽媽，你想像得到嗎？表妹連歐洲地圖都拼不出來……，表妹沒聽說過小亞細亞，……表妹分不清蠟筆畫和水彩畫！——好奇怪喲！——你聽說過有這樣笨的嗎？」

「親愛的，」她們的大姨媽往往體諒地說，「這是很糟糕的，不過你們也不能指望每個人都像你們那樣懂事和聰明啊！」

「可是，大姨媽，她眞的什麼都不知道。昨天晚上我們問她，如果去愛爾蘭，她願意走哪條路，她說，她渡海到威特島。她只知道威特島，並且把它叫做**The Island**，在「島」字前面加了個定冠詞，好像世界上再沒有別的島似的。我相信，我比她還小的的時候就比她現在知道的多很多。我要是她的話，會覺得自己丟臉死了。姨媽，我們按照歷史順序背誦歷代英國國王的名字，他們登基的日期，以及他們在位期間發生的重要大事，這已經是很久以前的事情了，而她到現在都還沒背過。」

「就是啊！」另一位小姐補充說，「我們還背誦羅馬帝國歷代皇帝的名字，一直背到塞佛留；還記了許多異教的神話故事，還背誦所有的金屬名稱，半金屬的名稱，還有行星的名字，還有傑出的哲學家們的名字……。」

「親愛的，你們說的全是事實，但是你們的記憶力非常好，你們可憐的表妹可能什麼都記不住，記憶力也像其他各種事情一樣，彼此差別很大，所以，你們應該同情你們表妹的的缺點。你們要記住，因爲你們比較懂事而且聰明，就應該更謙虛，儘管你們已經知道了許多事情，還有很多事情要學習呢！」

「是的，我知道在我長到十七歲以前還有更多事情要學，但我還有一件關於芬妮的事情得告訴你。她那麼奇怪，那麼笨！你知道嗎，她說她既不想學音樂，也不想學繪畫。」

「親愛的，這當然是非常愚蠢的，這表明她非常缺乏天才，也沒有上進心。不過，我想她不學也好。雖然你們知道你們的爸爸、媽媽是按照我的主意把她和你們放在一起撫養，但我並不是非要她和你們一樣多才多藝不可；相反地，倒是應該有些差別。」

諾利斯太太就是這樣來教育自己的兩位外甥女的。儘管她們天資聰穎，很有前途，儘管她們小小年紀已經懂得了很多事情，但是有許多更基本的教育和養成，例如：自知之明、寬宏大量、謙虛和氣等等，她們都十分欠缺。這也不奇怪，她們在哪方面都得到了很好的教育，就是在性情方面沒有人好好地教。她們缺少的是什麼，托馬斯爵士也不清楚。雖然他誠心誠意盼她們樣樣都好，但是他對兒女並不熱情，由於他不苟言笑，孩子們在他的面前也被訓練得不敢說出自己的心聲。

對兩個女兒的教育問題，貝特倫夫人更是不聞不問，她沒有工夫關心這些事情。她這個人整天穿得整整齊齊地坐在沙發上，做一些既沒有用處又不漂亮的大件針線活兒，對孩子們還沒有對她那隻狗狗關心，只要對她無妨，她就由著她們，大事她聽托馬斯爵士的，小事她聽姊姊的。即使給她更多的閒暇，她也不會把心思放在她這兩個女兒身上。她認爲她們有保姆照管，各門課程都請合格的老師來教導，所以也就沒有什麼需要她再操心的了。至於芬妮學習的狀況不好，她只是說：「這很不幸，不過，有的人就是比較笨些；芬妮還要更認眞一點喲！」再來應該怎麼辦她就不知道了。她還說：芬妮只不過笨些，但這個女孩並沒有什麼壞毛病——她發現，叫她送個信，取個東西，她總是非常順當，非常俐落。

芬妮即使羞羞怯怯地過日子，但還是在曼斯菲爾德莊園住定了，並且逐漸地放棄了回家的念頭。轉眼間，就和兩個表姊一起長大成人了。日子不算不快活。瑪麗亞和朱麗葉本性不是眞壞，只是對芬妮的態度一直不夠尊重，而芬妮自己也覺得不配有過高的要求，因此也並不很傷心。

貝特倫夫人以往每年春季都到倫敦的宅第去住上一陣，大約從芬妮來的那個時候起，她由於身體欠佳，並且過於怠惰，遂放棄了城裡的生活，完全住在鄉下了，讓托馬斯爵士一個人履行他在議會的職責。至於爵爺在那裡，由於夫人不在身邊，過得好些還是差些，她就不管了。因此，兩位貝特倫小姐繼續在鄉下學習功課、練習唱歌，發育成人；她們的父親眼看著自己的女兒們在容貌、舉止、才藝各方面樣樣都出落得使他稱心如意。反而是他的大兒子是個無所用心、揮霍無度的人，這實在使他非常不安，儘管其餘三個孩子在他看來前途必定不錯。他覺得，他的兩個女兒在出嫁前應該可以給他的這個姓氏增添風光，一旦出嫁，會給這個家族增加體面的姻親；艾德蒙的品格也很好，明辨是非、光明磊落，因此將來必然會有所作為，也會給他自己及親族們帶來榮譽，而且他立志做一位牧師。

托馬斯爵士為自己的兒女操心並從自己女兒的表現上得到欣慰，同時他也沒有忘記為普萊斯太太的兒女們盡力幫忙。他慷慨解囊，幫她供養男孩子們上學讀書，並在他們長到適當年齡的時候給他們安排職業。芬妮儘管與自己的家庭幾乎完全分離，但是當她聽到姨父幫助自己家人時，聽到他們的處境或前程有進展時，她都由衷地感到高興，多年當中她和威廉相會過一次，而且只有那麼一次，那是在她離家後不久，威廉決定去當水手，於是他被邀請在出海之前到曼斯菲爾德莊園來和他的妹妹聚會一個星期。兄妹相逢時，純真的友愛，無比的愉快，無盡的歡笑和真摯的談心，這一切又自不待言。可以想像得到，哥哥一直是興致勃勃，十分樂觀；也可以想像得到，分手時妹妹自有一段愁腸。幸虧哥哥走了以後，芬妮還能從艾德蒙表哥那裡得到安慰，他告訴她，威廉即將出海的這個工作，將是多麼多麼迷人的航程，而將來的發展又是多麼令人嚮往，她聽著也漸漸地承認兄妹之間的分手也許是有好處的。艾德蒙一直對她友好。他離開伊頓中學到牛津大學去讀書，並沒有因此改變了忠厚的天性，倒是有了更多的機會顯示他的忠厚。他比其他家人給她更多的照顧，也一味地爲她盡心，他的一言一行總是爲她好，體諒她的心情，也向大家宣揚她的好品德，克服她的羞怯，使她的好品德得到更明顯的表現。遇到問題時也能即時給她出主意，給她安慰和鼓勵。

由於她在人人面前都有壓抑之感，只有他一個人支持還不足以鼓足她的信心，但是艾德蒙對她的這番情義在別的方面卻起了很大的作用，那就是幫助她改善了心情，增加了她心靈的樂趣。他知道她聰穎、敏銳、頭腦清晰、喜歡讀書，只要指導有方，定會長進。李小姐教她法語，聽她每天讀一段歷史：他則給她推薦課餘時間讀起來有趣的書，培養她的鑑賞能力，糾正她的錯誤見解；他和她談論她讀過的書，從而使她體會到讀這本書的益處，他條理清晰地爲她分析這本書的價值，使她聽了更覺得該讀。由於他對她這麼好，她愛他的程度，除威廉之外，超過愛世界上任何人，她的心已一半屬於威廉，一半屬於他。

《曼斯菲爾德莊園》在第一本法文翻譯本出版時，取名爲「三個姊妹的故事」，其實精細地說，它應該是兩代三姊妹的故事，上一代的大姊、二姊聯合起來，表面上幫助小妹，實際上對她充滿了鄙夷與偏見，對於這個爲了愛情，先斬後奏，行走天涯的小妹，感到不值得，以爲自己選擇的貴族婚姻，與穩定的牧師家庭才是人生唯一値得追尋的目標。她們表面上贊助小妹，實際上對她又忌又恨，尤其是書中對諾利斯太太言過其實又不自知的性格有深入的諷刺筆調。她對托瑪斯爵士的奉承與占他的便宜，以及對小妹普萊斯太太和外甥女芬妮的勢利態度，形成了這個角色最令人發噱的場景，可以作爲喬治・梅萊迪茲（George Meredith）在《喜劇論》（*Essay on Comedy*）裡的具體例證。他指出，造成可笑的原因不外乎自負、自私、自尊、勢利，以及在其他人看起來有些不近人情的弱點。一個人有了這些弱點，就會失去他的平衡，一個人失去平衡時，喜劇就來了。而下一代的姊妹則是有樣學樣地合力攻擊她們的小表妹，行徑則像是小孩版的諾利斯夫人與貝特倫夫人對普萊斯太太的態度。至於這兩個女兒長大以後，雙雙強調愛情，與情人私奔，以至做出破壞門風的行爲，這又像是對她們母親與姨母沒有愛情的婚姻觀念所提出的抗議與反叛。所以小說結局的地方，上下兩代的姊姊們再度形成了鮮明的對照組。

小說中的扁平人物雖然無法在藝術成就上與圓形人物相提並論，然而在喜劇方面卻能表現出最大功效。因爲一個嚴肅或悲劇型的扁平人物，往往令人讀之生厭，例如有一個人，每次出場就大叫：「我要報仇！」「我的心，爲人類而滴血啊！」抑或是可以用一句標語來描述他公式化的人生，我們對他往往很難產生同情共感。而狄更斯的《塊肉餘生記》則有比較成功的扁平人物，那位米考柏太太，她總是說不會捨棄她的丈夫，而她也眞正做到了。這一類型的人物通常思想極單純，用一個句子就可使他們神貌畢現。如果他們生命中的那句標語與現實人性的七情六慾產生糾葛，讀者便會感到他們的眞實與親近，因此也就比較不會讀之乏味。但是也往往在這個時候，這類型人物已經不再是用一句話就可以概括殆盡了，它與人情事理糾纏在一起，使他慢慢地有轉爲圓形人物的趨向。因爲圓形人物容易使讀者產生情感上的共鳴。

循此概念，讓我們來檢視《曼斯菲爾德莊園》裡的二姊——托瑪斯爵士夫人。這位貝特倫女士出現的場景總是坐在沙發上，身旁伴著一隻哈巴狗。E. M. Forster在“Aspects of the Novel”一書中說：

這條狗像大多數小說中的動物一樣，自然是扁平角色，牠有一次誤闖玫瑰花壇，表現與紙板做的狗無異，但這沒什麼，牠的女主人也好不了多少，在小說的大部分篇幅中，她看起來似乎與她的狗均剪自同樣簡單的材料。她的言行公式是：「我雖然待人友善，但不能太疲累。」（李文彬譯，二〇〇二）

在日常生活中，大事聽丈夫的，小事則任由姊姊處理。她在面對女兒的教養和芬妮的學習狀況不佳時，作者說，即使給她更多的閒暇，她也不會把心思放在她這兩個女兒身上。她認為她們有保姆照管，各門課程都請合格的老師來教導，所以也就沒有什麼需要她再操心的了。至於女兒們說芬妮笨，她只是輕描淡寫地說：「這很不幸，不過，有的人就是比較笨些。」再來應該怎麼辦她就不知道了。她本來每年春天議會開議時，都應該隨丈夫赴倫敦，以照顧他的生活起居，後來偶有一次略感不適，沒有陪同，以後就不再前往了。故事結尾時，發生了一件十分不幸的事，她的小女兒和人私奔，大女兒更糟，她背負著不美滿的婚姻，也和情夫私奔了。這不幸的事件也曾經發生在《傲慢與偏見》裡，嚴重程度到達差一點毀了莉琪與達西好不容易建立起來的相愛互信基礎，因此E. M. Forster不無嚴正地指陳，私奔的嚴重性，「在奧斯汀的世界中，這是比拿破崙戰爭更爲不幸的大事。」

然而貝特倫女士的反應如何呢？珍・奧斯汀寫道：

貝特倫夫人並未深想，但是由於托瑪斯爵士的引導，她對所有重點都已經掌握，所以對事情的嚴重性也看得很清楚。但是並沒有聯想到犯罪和羞恥那方面去，她不必勉強自己，也不必芬妮勸告，就可以做到這點。

其中「對事情的嚴重性也看得很清楚」一句話，讓貝特倫太太獲得了與前言後語中的言行公式迥異的獨立性與道德感。接著，她的本色又恢復了。E. M. Forster分析出貝特倫太太因爲一句話一度成爲接近圓形人物，卻隨即被下一句話給壓成扁平。這是珍・奧斯汀語言的特殊性，寥寥數語，就使得人物游走在平面畫像與立體浮雕之間，也讓私奔這件事情爲讀者所側面了解，因而維持了作家的一貫喜劇風格，因爲如果讓讀者正面目睹罪惡場景，則極容易陷作品於悲愴的格局中。珍・奧斯汀誠然是一位工筆作家，但是她的人物能夠帶給讀者新鮮感，像是《愛瑪》中的貝慈小姐，雖然個性純良卻也偶有心機。

扁平的圓圈突然伸展就會變得有點球形。小說結束時貝特倫夫人又恢復爲扁平人物，這點無可否認，她給我們的主要印象是可以用一句話完全描繪。但奧斯汀在描寫她時則不這麼想。貝特倫夫人每次出場都予人新鮮感，其原因即在此。爲什麼狄更斯的人物每一出場給人的喜悅都單調如一，而奧斯汀的人物則每次都帶來不同的快感？爲什麼奧斯汀的人物在對話中結合得那麼巧妙且能相互輝映而不著匠痕？答案很多：例如她是位眞正的藝術家，不像狄更斯一樣以漫畫式人物爲滿足等等。但最好的答案應該是：她書中的人物看起來雖然比狄更斯的渺小卻結構嚴謹。（李文彬譯，二〇〇二）

珍·奧斯汀就這樣塑造了一對又一對的姊姊與妹妹，她們或是性格相對反而逐漸發展出辯證的關係，或在觀念上前後離合，讓作者於此間盡情地探討著女性的性格與命運等問題。從《傲慢與偏見》、《理性與感性》，到《曼斯菲爾德莊園》，珍·奧斯汀筆下的姊妹，由水乳交融到二律背反，乃至於互相抗衡，芬妮不再享有像琴恩與麗琪、艾麗諾與瑪莉安那樣的情誼，取而代之的是約翰與艾德蒙兩位兄長的友愛，這時只有哥哥才能進駐她的心靈，以至於她的心已經一半屬於哥哥，一半屬於表哥。女作家後期的小說，包括：《愛瑪》、《諾桑覺寺》與《勸導》，則不再見到姊妹之間特殊感情與關係的描寫，（愛瑪甚至爲了姊姊質疑她替姊夫畫的像比本人英俊，而與之賭氣。）這可能反映了珍・奧斯汀在現實生活中，由少女時期的依賴姊姊，逐漸發展到與兄長建立起信任與友愛關係的生命歷程。

世界文學評賞課

4

第四章

不婚的婚姻專家——《愛瑪》的獨身貴族守則

整體而言，《傲慢與偏見》是珍．奧斯汀最心愛的小說，女主角伊麗莎白．班奈特（也就是莉琪）就是她最疼愛的孩子，這部小說體現了作者的對愛情與婚姻的觀察。在十八世紀的英國社會裡，婚姻不是浪漫愛的結果，而是一種以財產爲基礎的社會關係。因此，當時的中上階層人士非常講究門當戶對的原則，珍．奧斯汀的小說正是以此爲社會背景，以至有這樣的開場白：「一位擁有資產的單身漢，一定要物色一位好太太，這是公認的事實。」

女作家雖然一生未婚，卻觀察出許多成功與失敗的婚姻現象，她的一雙榛色的眼睛，在幽靜平穩的鄉村歲月裡，以每個月參加舞會與茶會的人們為觀察對象，將那些人自己都難以察覺的矛盾與怪癖，形諸於文字，尤其是對於夫妻之間形象性的細膩刻畫，往往有其心領神會的無限戲謔。這裡不妨藉《傲慢與偏見》裡，莉琪對父母親的關係與生活的體認，來思索作者在婚姻世界裡所發掘的人生課題：

如果要莉琪以自己的家庭為例，來說明何謂幸福的婚姻，那她一定沒什麼好說的。因為她父親當年就是貪戀所謂的年輕貌美，娶了一個沒有內涵而且心眼又小的女人，結婚不久就對太太沒有情愛可言了，更別提夫妻兩人之間還有什麼相敬如賓了。換成別人，若是因為自己的衝動而自做自受的話，通常會以荒唐的逸樂來縱溺自己，可是班奈特先生卻不興這一套。他喜愛田園風光，更喜歡以讀書自娛，說到自己太太，除了她的無知和愚蠢可以供他開心取笑之外，他對她幾乎再也沒有別的恩情了。

在《理性與感性》裡，珍．奧斯汀也用犀利和諷刺的修辭，描述了約翰的性格與婚姻：

這位年輕人心眼不壞，除非你把冷漠無情和自私自利視爲壞心眼。

整體而言，他在親友間還是受到尊敬的，因爲他平常做人處事也還算得體。壞就壞在他娶了一個比他更自私的太太。

他若是娶個和藹一點的女人，也許會更受人尊重，甚至他自己也會和藹一些。無奈他結婚時太年輕，太偏愛妻子了。（不過，約翰．達什伍德夫人倒也活像她丈夫，只是更狹隘、更自私罷了。）

他向父親許諾照顧繼母及妹妹的時候，心裡就在盤算，想給他的妹妹們每人再補貼一千鎊的收入。當時，他確實覺得這是他力所能及的。他除了目前的收入和父親另一半的遺產外，還可望每年再添四千鎊。一想到這裡，心裡不禁熱呼呼的，他認爲自己大可以慷慨一點：「是的，我可以給她們三千鎊，這多麼大方啊！可以確保她們安安全全地過日子啦！三千鎊呢，我可以毫不費勁地省出這麼一筆鉅款呀！」他整天這麼想著，接連想了好多天，一點也沒反悔。

可是父親的喪事剛辦完，她的太太就很囂張地連個招呼也不打，便帶著孩子、僕人來到婆婆家裡。誰都知道她現在有權來這裡，因爲從她公公死去的那一刻起，這房子就屬於她丈夫的了。

約翰·達什伍德夫人如今當上了諾蘭莊園的女主人，她的婆婆和小姑們反而成了寄人籬下。不過，這麼一來，她待她們反倒文靜客氣起來。她丈夫對她們也和和氣氣的，他除了和自己的老婆、孩子之外，對別人充其量也只能如此。他還頗爲懇切地請求她們把諾蘭莊園當作自己的家。老達什伍德太太一時也找不到合適的房子，所以就暫且待在這裡了。對老太太來說，待在老家，隨時都能回憶起昔日的歡樂，倒也稱心。她的個性愛恨分明，碰到高興的時候，誰也沒有她那樣開心、那樣樂觀地期待著幸福的到來，彷彿期待本身就是一種幸福似的。可是一遇到傷心事，她也同樣愛鑽牛角尖，同她高興時不能自己一樣無法解脫。

約翰·達什伍德夫人根本不贊成丈夫資助他那幾個妹妹。因爲這些錢等於是從他們小寶貝的財產中挖掉三千鎊，那豈不是把小哈里刮成了窮光蛋了嗎？她請丈夫重新考慮這件事。自己的孩子，而且是獨生子，怎麼忍心剝奪他這麼一大筆錢呢？幾位達什伍德小姐與他只不過是同父異母兄妹，她認爲根本算不上什麼親屬關係，她們有什麼權利領受他這樣慷慨的資助？而且同父異母的子女之間歷來不存在什麼感情的，可他爲什麼偏要把自己的錢財送給同父異母的妹妹，來毀掉自己，也毀掉他們可憐的小哈里？

「我父親臨終有囑咐，」丈夫回答說，「要我幫助寡母和妹妹們。」

「他準是在胡說。那陣子，他十有八九是神志不清了，要不然他就不會異想天開地要你把自己孩子的財產白白送掉一半。」

「親愛的范妮，他倒沒有規定具體數目，只是籠統地要求我幫助她們，使她們的境況好一些，因爲財產已在我名下，所以他也無能爲力啦！於是他索性把事情全權交給我。他總不會認爲我會怠慢她們吧！但他讓我許諾時，我又不能不應承，起碼在當時，我是這麼想的。於是，我許諾了，而且還必須兌現。她們早晚要離開諾蘭莊園，到別處安家，總得幫她們一把吧！」

「那好，就幫她們一把吧！可是幫一把何必要三千鎊？你想想看，」她接下去說道，「那錢一旦拋出去，可就再也收不回來了。你那些妹妹一出嫁，那錢不就無影無縱啦！眞是的，這錢要是能回到我們可憐的小兒子手裡……。」

「哦！當然，」丈夫一本正經地說道，「那可就了不得啦！有朝一日，兒子會怨恨我們給他送掉這麼一大筆錢。他一旦人丁興旺起來，這筆款子可就派得上大用場了。」

「誰說不是呢！」

「這麼說，不如把錢減掉一半，這對大家都有好處。給她們一人五百鎊，也夠她們發大財的了。」

「哦！當然是發大財了！世上哪個做哥哥的能這樣照應妹妹，即使是對待親妹妹，連你的一半也做不到！何況你們只是同父異母的關係！可你卻這樣慷慨！」

「我做事不喜歡小家子氣，」他回答說。「做人寧可出手大方，也別太過吝嗇。至少不會有人覺得我虧待了她們，就連她們也不會有更高的期望了。」

「誰知道她們有什麼期望，」夫人說道。「不過，我們也犯不著去考慮她們的期望。問題在於你能拿得出多少？」

「那當然，我想我可以給她們每人五百鎊，其實，即使沒有我這份補貼，她們的母親一死，女兒們每人都能得到三千多鎊。對於一個年輕女子來說，這是一筆相當不錯的財產啦！」

「誰說不是呢！說實在的，我看她們根本不需要額外補貼了。她們有一萬鎊可分。將來出嫁了，日子肯定更富有。即使不出嫁，就靠那一萬鎊得來的利息，也能在一起過得舒舒服服的了。」

「是啊，那麼我的意思是給她點年金什麼的。這個辦法能釋出良好的善意，我妹妹和她們的母親應該都能感覺得到。一年出一百鎊，包管叫她們全都心滿意足。」

然而，他妻子並沒有馬上同意這個計畫，她猶豫了一會兒。

「當然，」她說，「這比一下子送掉一千五百鎊要好。不過，要是老太太活上十五年，我們豈不吃了大虧？」

「十五年！我親愛的范妮，就她那命呀，我看連半數也撈不到。」

「當然撈不到。不過，你留心觀察一下，人要是能領到一點年金的話，總是活個沒完沒了。她身強力壯的，還不到四十歲，年金可不是鬧著玩的，一年一年地給下去，到時想甩都甩不掉。你不知道，我可體驗過給年金的痛苦，因爲我母親遵照我父親的遺囑，年年要向三個老僕人支付退休金，後來她發現這事討厭極了。這些退休金每年支付兩次，要送到僕人手裡可麻煩了。此後聽說有一個僕人死了，但後來發現並沒有這回事。我母親傷透了腦筋。她說，她的財產被這樣長久地刮下去，她哪裡還做得了主？都怪我父親太糊塗，不然這錢還不都是我母親的，愛怎麼用就怎麼用。如今，我對年金憎惡透了，要是叫我給哪個人付年金，我說什麼也不幹。」

「一個人的收入年年這樣固定地消耗下去，」約翰說，「這當然不是件愉快的事。你母親說得對，這樣財產就不由自己做主了。一到年金支付日，照例都要損失一筆，這著實有些難過，因爲它剝奪了一個人的自主權。」

「那還用說。儘管如此，你還不討好。她們覺得自己到期領取，萬無一失，而你又不會再多給，所以對你壓根兒不領情。我要是你呀，不管做什麼事，絕不會作繭自縛，去給她們什麼年金。尤其在特別的年節，你要從自己的開銷中抽出一百鎊，甚至五十鎊，可不那麼容易。」

「親愛的，我看你說得對，這事還是不好。偶爾給她們幾個錢，比給年金有益得多，因爲錢給多了，她們只會養成闊綽奢侈的習性，到了年底一點錢也存不起來。我看不定時地送她們五十鎊，這樣她們什麼時候也不會缺錢財，我還能充分履行我對父親的諾言。」

「當然好啊！不過說實在話，我認爲你父親根本沒有讓你資助她們的意思。我敢說，他所謂的資助，不過是讓你合情合理地幫點忙，比方替她們找間舒適的小房子啦，幫她們搬搬東西啦，偶爾給她們送點時蔬野味啦……等等。我敢以性命擔保，他沒有別的意思；要不然，豈不成了一件怪事？老公，你想一想，你繼母和她女兒們靠著那七千鎊得來的利息，會過上多麼舒適的日子啊！況且每個女兒還有一千鎊，每年能給每人帶來五十鎊的收益。當然啦，她們會拿來補貼母親伙食費的。總計起來，她們一年有五百鎊的收入，就那麼四個女人家，這些錢還不夠嗎？她們開銷少得很！管理家務也不成問題。她們沒有馬車，所以也不用養馬，也不用雇僕人。她們不跟外人來往，什麼開支也沒有，你看她們有多舒服！一年五百鎊啊！我簡直無法想像她們哪裡花得了那麼多錢。至於說你想再給她們錢，未免太荒誕了吧！論財力，她們給你點倒差不多。」

「喲！」約翰說，「你說得眞是一點不假。我父親對我的要求，除了你說的之外，肯定沒有別的意思。我現在搞清楚了，我要嚴格履行我的諾言，照你說的，爲她們幫點忙，做點好事。等我母親搬家的時候，我一定盡力幫她安頓好，還可以送她點小件家具。」

「好啊，」約翰．達什伍德夫人說，「但是，有一點你還得考慮。你父母親搬進諾蘭莊園時，老家的家具雖說都賣了，可是那些瓷器、金銀器皿和亞麻台布都還保存著，通通留給了你母親。因此，她一搬家，屋裡一定布置得富麗堂皇的。」

「你考慮得眞周到。那可是些傳家寶啊！有些金銀器皿送給我們可就好了。」

「就是嘛！那套瓷器餐具也比我們家的漂亮多了。我看太漂亮了，她們的房裡根本不配擺設。不過事情就這麼不公平，你父親光想著她們。我實對你說吧，你並不欠你父親的情，不用理睬他的遺願，因爲我們心裡有數，他若是辦得到的話，會把所有財產都留給她們的。」珍・奧斯汀在一連串夫妻的私房對話之後，不由自主地跳出來調侃道：

這個論點是無可爭辯的。如果老達什伍德先生先前還有點下不定決心的話，這下子可就鐵了心啦！

約翰最後決定，對他父親的遺囑，按他妻子的說法，像鄰居一樣地幫幫忙也就足夠了，超過一步，都是絕對多餘的。

和班奈特家的老夫婦比較起來，約翰和他太太則又是另一種相處模式。兩人視錢如命，從他們的對話中，看出約翰・達什伍德夫人是用一種表面迎合，實際上萬般阻撓的方式，逼丈夫背棄對公公的承諾，並且在照顧婆婆、小姑這件事上極盡苛扣。珍・奧斯汀對她的諷刺是，用一段夫妻的對話，顯示在妻子的強勢主導下，原本欲付給婆婆與小姑們的生活費，一下子從一千磅減到五百磅，再從五百磅減到每年五十磅，最後連偶爾資助一下，或幫忙搬家、送點小家具都否決了，婆婆與小姑們將被迫搬離老宅，住進簡陋的小屋，還得反贈傳家的骨瓷金銀器皿給他們夫婦。這一場夫妻對話，怎不令人既感嘆又發噱。作家對女性淺識貪財的性格有如此精闢的挖掘，約翰太太與《曼斯菲爾德莊園》裡的諾利斯太太可作爲一組同類型的小說人物來理解與分析，她們之間有許多雷同處，例如她們都能言慣道，說得動聽，其實內心卻很慳吝，一毛不拔。然而她們也有生活背景與思想上的差異，諾利斯太太沒能如她所願和妹妹一樣嫁入貴族世家，最後僅找到一位依靠妹夫幫襯的小牧師，生活中處處仰人鼻息，導致她擅長察言觀色，對妹夫表面上極盡虛與委蛇，骨子裡卻隨時準備占他便宜。相反地，對於無依無靠、可憐可愛的小外甥女芬妮，則動輒威嚇逼迫，色厲內荏，狐假虎威的架勢十足。而約翰太太的心態則是，既然個性上得不到夫家親屬的垂青，那麼只等到公公一死，便是她掌權翻身的時候了，到那時，婆婆和小姑們，別想從她手中撈到一分一毫，不僅如此，還要她們吐出她們的所有。珍．奧斯汀寫作的範圍不僅止於伊麗莎白．班奈特與達西之間的愛情，對於婚姻關係中的衆生百態，也不乏細膩深刻的描繪。

* * * * *

對於婚姻問題，珍．奧斯汀在她的小說世界裡，還塑造了一位與她自己不同典型的婚姻專家——愛瑪，她總是毫不懷疑自己給閨中知己海麗特找到了一個正確的婚姻方向，那就是艾爾頓牧師。爲此，她經常不由得孤芳自賞起來，而且愈是這樣想就愈加發現她的確比從前更能感覺到艾爾頓先生具有最令人愉快的禮貌，是一個很不錯的美男子。她這個小媒人一面毫不猶豫地用各種禮貌性的暗示來加強艾爾頓先生對海麗特的愛慕：另一方面也積極地在海麗特身上激發同樣的傾心。她相信只要艾爾頓先生還沒有戀愛的對象，那現在正是順利地走上戀愛道路的時刻了。愛瑪覺得他談論到海麗特時，總是非常興奮地誇讚她，因此她不能不認爲只要再過一些時間，即可水到渠成，他看出海麗特自從來到哈德莊園與愛瑪作伴，整個人的氣質已經有了一種明顯的進步。愛瑪認爲艾爾頓先生能看出這一點，就表示他對海麗特有好感。

「你已經給了海麗特小姐所需要的一切，」他說，「你已經使她變得優雅安詳。她初來的時候，只不過生得好看，但是，我認爲，你所賜予她的風度要比她天生的美姿更吸引人。」

「你肯定我對她的幫助，我很高興，但海麗特所需要的只是啟發和指點而已。她有天生可愛的性情，其實我並沒有幫多大的忙。」

「假若容許跟一個小姐爭論的話……」文雅的艾爾頓先生說，「我也許會給她增添一些果斷的性格，教她去想她一向不曾碰到的問題。」

「確實如此，那也是我最想做的事。爲她增添一種果斷的性格，您的見解眞是高明。」

「我實在非常高興。以前我從不曾碰見過像她這樣性情和藹的人。」

「對於這一點，我也沒有疑問。」他不勝讚嘆地說。愛瑪認爲這是許多情人所擁有的說話神氣。又一天，艾爾頓先生同樣高興地用這種神氣接受了她臨時想起的爲海麗特畫像的心意。

「你畫過像嗎，海麗特？」愛瑪問。

海麗特正要從房裡出去，只是十分有趣而又天眞地說：「噢！親目愛的，沒有，從來沒有。」

她一離開，愛瑪便不勝讚嘆地說：「如果有一張她的畫像，該是一件多麼賞心悅目的藝術品啊！我願爲她出一切費用，我幾乎想親手替她畫張像，兩三年前我是很喜歡畫畫的，曾經替幾個朋友畫過，她們都還認爲我的眼光不錯，但是後來因爲某種緣故，我一厭煩便把這種愛好放棄了。但是實際上我還可以試一試，假若海麗特要讓我畫的話。替她畫像該是多麼愉快啊！」

「讓我懇求你，」艾爾頓先生大聲喊著說，「那一定是一件愉快的事情！伍德豪斯小姐，來爲你的朋友運用一下這麼迷人的天才吧！我知道你畫了些什麼，這座房子裡不是滿掛著你畫的山水和花卉嗎？你以前的家庭老師溫斯頓夫人在她家的會客室裡不也有一些難以模仿的畫像嗎？」

「是的，艾爾頓先生！」愛瑪想，「但那些跟寫生有什麼關係呢？對於繪畫，你一點也不懂，你不要假裝喜歡我的畫了。你還是去喜歡海麗特的面龐吧，」然後說：「好，承你鼓勵，艾爾頓先生，我相信我還可以試一下。海麗特相貌清秀，不大容易畫得像，然而在眼睛的形狀上跟嘴唇的線條上，她有一種與衆不同的美，這點我應該還把握得住。」

「確實如此——眼睛的形狀和脣部的線條——我相信你一定能傳神地描摹出來。請試一下吧！那一定會是——用你自己的話來說——一件賞心悅目的藝術品。」

「但我想，艾爾頓先生，海麗特不會讓我畫的。她不大在乎她自已的美麗。你有沒有注意到她回答的態度？那意思顯然是說：「爲什麼要畫我的像呢？」

「噢！是的，我注意到了。我老實告訴你，不會逃過我的眼睛。但我相信你可以說服她。」

海麗特馬上又回來了。他們幾乎是即刻向她建議。在他們懇請之下，她稍一猶豫，便不得不應允。愛瑪迫不急待地把裝著她所畫的各種畫稿的紙夾拿了出來——其中沒有一張是完成品，以至於海麗特不能從中挑選畫像的尺寸。她的很多初稿都陳列出來了，有極小的、半身的、全身的、鉛筆的、炭筆的、水彩的，她都輪流試過。她總是對什麼事都有興趣，尤其是繪畫和音樂方面，從她下的功夫來看，也比許多人都進步。她彈、她唱……，幾乎樣樣都會。但是她也缺乏毅力，因此一樣也沒有學到登峰造極。她很清楚自己畫畫或唱歌的程度，但她卻願意聽到別人對她言過其實的讚譽，而且居然也受之無愧。

每張畫都有它的價值——剛剛畫了一點的那些畫也許價值最大。她的畫法很生動，但即使更少一點生動，或者更多十倍生動，她的兩位伴侶都會同樣感到愉快和羨慕。他們都在戀愛中（只是海麗特愛的人是艾爾頓，而艾爾頓愛的人卻是——愛瑪），於是任何一張畫像都使他們欣喜，因此愛瑪小姐作品的幽默性必然是更上乘的了。

「沒有許多不同的面孔讓你看，」愛瑪說，「我只有自己家裡的人可供研究。那一張是我的爸爸——又一張爸爸的——但是他一想到坐下來畫像就非常緊張，所以我只能暗暗替他畫像。因此，沒有一張是很像的。又是溫斯頓夫人，又是，又是，你看。親愛的溫斯頓夫人！不管在什麼情況下，都是我最好的朋友。無論什麼時候我請她畫像，她都讓我畫。那一張是我的姊姊，眞正很像她，嬌小玲瓏的身材，面孔也像。假使她能夠多坐一會兒的話，我會替她畫一張很好的像，但是她總是急著要我爲她四個孩子畫，因此她老坐不住。嗯，那張就是我曾試著替那四個孩子當中的三個畫的像了，這是亨利、約翰和伯勒，從畫紙這頭數起，看起來幾乎沒有什麼區別。她太急著要我替他們畫了，使得我沒法拒絕；你也知道，叫三、四歲的孩子站著不動是不可能的，除了情態和面容之外，也不容易把他們畫得像，除非他們生得很粗糙，不像一般的孩子。這張是第四個小孩的速寫，當時他還是個嬰兒。替他畫的時候，他正躺在沙發上睡覺。這張像畫得很像，像到好比帽上的花結那麼相似，你一定願意看的，他把他的頭舒服地蜷縮著，像極了，我是頗以小喬治爲榮的。沙發的這個角落很好。呃，這是我最後的畫像了，」邊說邊展開一張很好看的紳士的速寫，小尺寸，全身，「這是最後、最好看的一張，我姊夫約翰．南特利先生的。這本來不需要多少時間就完成了，可是我一生氣便停下手來，而且發誓永遠不再給任何人畫像。當時我就是忍不住生氣，因爲在我花了許多工夫之後，當我眞正畫了一張很好的肖像時——（溫斯頓夫人跟我都認爲非常像）只是太英俊；——比本人好看了一些——但這不是大缺點啊——這還不算，姊姊還要冷冷責備說——『是的，有點像——但無疑並不逼眞。』我們勸他坐下來畫畫像倒是費了不少口舌。那是一種很大的人情；我實在忍不下去，所以我要永遠都不把它畫完，免得它掛在布倫斯韋克廣場姊姊家裡，作爲一張令人不愉快的回憶，而向每個拜訪的客人來抱歉。所以，我說過，發誓不再替人畫像的。但是爲了海麗特，或者說是爲了我自己，而且，眼前也沒有先生們太太們在場，所以我願意破例。」

這一小段自白將女主人公——聰明、富有、無憂無慮地活了二十一個年頭的小故娘，表現得神韻畢肖，堪與珍．奧斯汀的許多精彩對話相互輝映，閃耀出作者運用文字表現人物性格的藝術功力。艾爾頓先生聽到最後一句話似乎很有感觸，非常高興，他重複著說：「的確，正像你所說，『眼前』沒有先生們和太太們在場。確實如此。我們都未婚。」他重複這句話的時候，別有用意，十分有趣，愛瑪開始考慮是否最好自己即刻走開，好讓他們說說情話，但是她又要畫畫，所以這事只得稍微等等再說。

她很快決定好了尺寸和畫像的種類。亦即一種全身的水彩畫像，正像約翰．南特利先生的，而且，說不定她一高興，這幅畫就要在壁爐架的牆上占一個顯要地位了。

畫像正式開始了。海麗特微笑著，紅著臉，擔心拿不定儀態，繃不住面孔，在這位畫家堅定的眼光裡，她呈現出一副可愛的少女表情。艾爾頓先生在她背後站立不定，注視著每一筆，這讓愛瑪不好做事的。愛瑪本來是給他面子，隨他自己待在可以看個夠的地方，但現在她不得不結束這種局面，請他待在別的地方，接著她想起讓他讀書的辦法。假使他乖乖讀書給她們聽的話，那的確是件好事！那既會解除她作畫的困難，又會減輕海麗特小姐的厭煩。

艾爾頓先生極爲高興。海麗特聽著，愛瑪靜靜地畫著。她必須允許他仍然常常來看一眼，否則便不成其爲一個情人了。在下筆稍微停頓的時候，他便即刻跳起來看畫到什麼程度，同時也馬上爲之心醉。有這麼一個令人鼓舞的觀畫者，也並不討厭，愛瑪自認爲幾乎還在不可能的時候，就看出了一種微妙的情愫。她雖不能恭維他賞畫的眼光，但他的愛情跟他的滿意倒是未可厚非。

這一天的畫像結果非常圓滿。她對第一天的草稿十分高興，願意繼續來畫，她畫得很像，把姿勢畫得很好。她要再把輪廓稍微加以修改，再加一點高度，同時再相應地增加一點優雅。她確信自己最後必定能成就一張十全十美的畫像，而且也必定能掛在被指定的，對雙方都體面的位置上，成爲永久的紀念品：一則紀念海麗特的美麗；二則紀念愛瑪的技巧；三則紀念友誼。另外還有可能加上許多其他愉快的聯想，特別是艾爾頓先生的愛戀。

海麗特第二天還得坐下來被畫，艾爾頓先生則請求允許他在場再讀書給她們聽，愛瑪心想：這正是他應該有的舉動。「一定一定。有你參加，我們非常高興。」

同樣的禮貌客氣，同樣的成功滿意，第二天又發生了，而且貫穿作畫的全部過程，畫得又愉快又甜蜜。每個看到這張畫的人都很高興，但艾爾頓先生的狂喜卻在持續，他對這幅畫像的每一種批評都要加以辯護。溫斯頓夫人說：「愛瑪小姐已經給了她的朋友所需要的唯一美麗了，」她一點也沒有猜疑到自己是正在對一個戀愛中人講話。「眼睛畫得最好，只可惜海麗特小姐沒有那樣的眉毛和睫毛。她沒有那些，可以說是她面貌的缺陷。」

「你這樣認爲嗎？」他回答說：「我不能同意。我覺得在每個特徵上都是最完美的寫眞，我一生都不曾看見過這樣的一張畫像，我們必須考慮到陰影的效果，你知道的。」

「你把她畫得太高了，愛瑪。」南特利先生說。愛瑪知道她把海麗特畫得太高了一點，但是她不承認。這就是他們長期以來的相處模式，姊夫的兄弟南特利先生，對她如父兄般地關心與指教，常讓愛瑪不願接受，卻又因爲他所指出的都是事實而不得不心領。愛瑪的良善品德是從詩畫般的鄉村田園景致和溫馨的家庭氣氛中培養出來的，因此儘管她總是一時間無法接受南特利的指正，卻也從未使自己的心被蒙蔽，相較於南特利先生對愛瑪稍嫌嚴格與挑剔的態度，艾爾頓先生對於愛瑪的畫作卻只有極盡地奉承，他說：「噢，不！當然不太高，一點也不高，請考慮，她是坐著的，自然不同，總之，恰恰如此——比例必須保持，你知道。比例、縮短——噢不！那恰恰是海麗特小姐的高度。確是如此，毫無問題。」

「很好看，」愛瑪的父親伍德豪斯先生說：「畫得這樣好，你的畫總是這麼好，親愛的。我不知道還有什麼人畫得像你這麼好。只有一樣我有點不大喜歡，就是畫得她好像是在室外一樣，只穿著一件小披肩，那一定是使人擔心她受涼的。」

「哦！親愛的爸爸，我們可以假定是在夏天啊，一個溫和的日子。請看這棵樹。」

「但坐在室外來畫像總是感覺不大安全，親愛的。」

這位小說中最重要的喜劇配角之一——伍德豪斯先生，是位溫和、富裕的老先生，用一句標語說完他，就是：除了極度關心健康和飲食以外，對什麼都渾然不知。所以南特利先生才能替代他，扮演愛瑪的父兄角色。

「先生，您什麼話都可以說，」艾爾頓先生大聲說，「但是我必須承認，把海麗特小姐放在室外來畫是一種最妙的想法。這棵樹畫得這樣栩栩如生！任何別的情景都一定沒有這麼合適。海麗特小姐天眞爛漫的態度，一切一切，都是最令人羨慕的！我簡直不能把我的眼光移開。我從沒有看見過這樣的一幅畫！」

第二件要辦的事就是裝鏡框了，可是卻有一些困難。那必須即刻辦，而且是在倫敦辦，又必須委託一個富有審美眼光的人去辦。愛瑪的姊姊伊莎貝拉，平常是代辦這類事情的人。這一次卻不能委託她，因爲那是十二月，同時伍德豪斯先生想到讓她離開家在十二月的霧裡東跑西跑，也是忍受不了的。這種困難一傳到艾爾頓先生的耳朵裡，便馬上解決了。他總能在第一時間裡精準地獻上殷勤。假使她們能夠委託他來辦這件事，他該是多麼榮幸啊！他隨時可以騎馬去倫敦，他要是受到吩咐來辦這件差事，他的高興程度該是無法用語言來形容的。

愛瑪說：「他太好了！眞教人過意不去，無論如何我不願讓他那麼辛苦地來辦這麼麻煩的一件事。」這就使得他正像是未被期望似的，那樣懇求了又懇求，保證了又保證，幾分鐘的工夫就把這件事確定了。

艾爾頓先生要帶畫像前往倫敦，選擇鏡框，指導裝配。愛瑪將畫牢牢實實地包紮好，使他攜帶方便，少受麻煩，而他卻擺出受寵若驚的樣子。「多麼寶貴的物品啊！」當他用手去接的時候，輕輕嘆了口氣說。

「這個人，要是跟他談起戀愛來，未免有點教人受不了。」愛瑪心裡想：「我應當這樣說，戀愛可能有上百種不同的方式，而且他是一個很好的青年男子，恰恰適合海麗特的身分。正像他自己所常說的口頭禪：『確實如此』。但是他嘆氣，他表現出感傷的神色，他總想著怎樣來說恭維人的話，這些實在讓我受不了，幸好我只是一個配角，分享一下他為了海麗特而對我的感激，那倒也無妨。」

從以後幾天的情況來看，她的計畫和安排越來越證明有道理，越來越使她珍惜。

這張畫像裝了精緻的鏡框，在艾爾頓先生回來之後，馬上就平安地掛在大客廳壁爐架上了。他站起來端詳著，喃喃地讚嘆著，海麗特的感情呢，就像她的青春和心情所許可的那樣，正在轉變成強烈而堅定的愛戀。對她有愛意的農夫馬丁與艾爾頓先生比起來，後者顯然占了上風。海麗特不再懷念馬丁，這讓愛瑪感到十分滿意。

她爲了改進她朋友的心智，選用了許多好書，可惜她們都只讀了頭幾章，總是推說明天再繼續。顯然閒談要比讀書容易得多，讓她的想像力馳騁於海麗特的命運之中，要比努力擴大她的理解力，或者根據嚴肅的事實來運用她的理解力更爲經鬆愉快。目前使海麗特專心致志的文學研究，也是她們晚間生活的精神食糧，只不過是把所有她能夠碰到的謎語收集在一起，抄到一本精裝的四開本小冊子裡。這個冊子是她的朋友替她做的，點綴著花字和紀念品的圖形。

珍・奧斯汀解釋當時女性閨友之間所流行的文學活動：

> 在這個文學時代，大規模的蒐集謎語是很平常的事情。郭達德夫人學校的主任教員納許小姐至少已經抄寫了三百條。

關於蒐集謎語，海麗特已經從愛瑪那裡得到初步的啟示，並藉著她的幫助蒐集更多謎語。愛瑪以她的創造力、記憶和趣味幫助著她。因爲海麗特寫得一手好字，所以在形式和數量方面，都可能是第一流的搭配。

伍德豪斯先生對這件事，也幾乎跟這些女孩子一樣感興趣，常常設法回憶一些值得她們加進去的材料。「當我年輕的時候，流行著很多巧妙的謎語。我不知道爲什麼記不起來了！但是我希望能夠慢慢記起來。」結尾也總是重複著一樣的老謎題。

不過伍德豪斯先生還曾要他的好朋友伯里留心各種字謎，因爲他認爲伯里交遊廣闊，總可以從那裡得到一些材料。

然而艾瑪其實是有意藉由蒐集字謎來升高海麗特的戀愛溫度。因此艾爾頓先生是她唯一邀請幫忙的人。她請他提供可能記得起的謎語、字謎或難題。看到他在非常專心地回憶著，她很高興，同時，爲了不使有欠文雅的，或對女性不敬的話脫口而出，他也最爲注意材料的取捨，這是她可以覺察得到的。她們得到他兩三個文雅的謎語，最後他非常高興地回憶起了，而且頗爲動情地背誦了那個出名的字謎：

我的第一音節表示苦惱，
我的第二音節命定要感到苦惱；
而我的整個詞兒卻是最好的，
平復那種苦惱的靈丹妙藥。

聽了這個詩情畫意的謎題，她不得不十分抱歉地承認，她們早已把這個字謎抄寫在小冊子的前幾頁了。

謎底是woman（woe + man），第一個音節woe意爲苦惱，第二音節man意爲男人。主詞爲woman（女人）。

「爲什麼你不親自替我們寫一個呢？艾爾頓先生。」她說，「這才能保證它的新鮮，況且這對你來說，也是易如反掌啊！」

「噢，不，我一生不曾寫過，幾乎從不曾寫過這一類的東西。」

然而就在第二天便證明了他有靈感。他來坐了幾分鐘，把一張紙留在桌上。他說，那張紙上寫著一個字謎，是他的一個朋友寫給所崇拜的少女的，但從他的態度來看，愛瑪立即相信那一定是他寫的。

「我並不是拿這個來讓海麗特小姐蒐集的，」他說，「那是我的朋友寫的，我沒有權利公開它，但讓你看一下，也許你不會覺得討厭。」愛瑪以爲這段話與其說是講給海麗特聽的，倒不如說是講給她聽的。因爲他頗有一些不好意思，他覺得與她的目光相遇比較容易，但不敢奢望她的朋友。待了一會兒，他就走了。——又過了一會之後：

「拿去，」愛瑪說。她微笑著，把那張紙推向海麗特，「那是你的，拿去吧！」

但是海麗特緊張得發抖，拿不得那張紙。愛瑪從不討厭領先，便不得不親自研究一下了。

給某小姐：

字謎——

我的第一音節表示帝王的財富與豔麗，
大地的君主！他們的奢華與安逸。
我的第二音節帶來了男人的另一景象，
看他在那裡作眾海之王
但是，啊！結合起來，我們就顛倒了過來！
男人誇耀的權勢與自由，一切皆空；
地與海的主宰，他卑躬屈膝變成奴隸，
而女人，可愛的女人，卻受著朝奉。

言語會即刻表達你的天生智慧，

但願它的批准在那柔媚的眼裡發著光輝！

愛瑪把眼光盯在那張紙上。思考著，領會了它的涵義。爲了完全掌握、澈底明白這張字謎起見，她又從頭到尾讀了一遍，然後遞給海麗特，很高興地微笑著，當海麗特既滿心期待又同時感到莫名其妙的時候，愛瑪自言自語地說，「很好，艾爾頓先生，很好，的確。我已經讀過很多壞字謎了。『求愛』——這是一個很好的暗示。爲了這張字謎的緣故，我信任你。這等於很明白地在說：『海麗特小姐，請允許我向你求愛吧！請在同樣的眼光裡批准我的字謎和願望吧！』」

「但願它的批准在那柔媚的眼裡發著光輝！海麗特恰恰是這樣，柔媚正是描寫她眼神的字眼！是在所有的形容詞裡能夠挑得出的最恰當的字眼。」

「言語會即刻表達你的現成智慧。哼！海麗特渾然天成的智慧！眞妙！一個人必定是眞的非常愛她，才會這樣描寫她。啊！南特利先生，你爲什麼不相信我的眼光？我說艾爾頓和海麗特很相配，你卻偏要貶低我的好朋友，認爲她應該答應馬丁的求婚，海麗特如果眞的嫁給一位農夫，我今後怎能再與她相會？我願你從這一次的事情裡得到教益。我想這會使你信服。在你一生中，你不得不承認一次錯誤。這眞是一個頂好的字謎，也非常的切題。情況現在馬上就要達到關鍵點了。」愛瑪陶醉在自我內心的獨白裡，藉由迷語詩詞的解讀，強烈感受到這一次作媒的成就和戰勝南特利先生的優越。

由於海麗特提出迫不及待的問題，她不得不中斷這些十分愉快的自言自語，否則，她會一直嘮叨下去。

「這能夠是什麼呢？伍德豪斯小姐。——這能夠是什麼呢？我不懂，我一點也猜不出來。這可能是什麼呢？請設法替我解釋一下吧！我從沒有看見過這麼難的一道謎語。是指王國嗎？我奇怪這位朋友是誰？這位少女，又能夠是誰？你認爲這是一個很好的字謎嗎？是指女人嗎？而女人，可愛的女人，卻受著朝奉。是指海王星嗎？看他在那裡作衆海之王。或者是指三叉戟嗎？美人魚嗎？鯊魚嗎？

噢，不！鯊魚只是一個音節。那必定是很巧妙的，否則他一定不會帶來。噢！伍德豪斯小姐，你以爲我們解得出嗎？」

「美人魚和鯊魚！毫無意義！親愛的海麗特，你在想著什麼呀？他帶給我們一個他朋友爲美人魚或鯊魚而寫的字謎有什麼用呢？把那張紙拿給我，你聽著。」

「給某小姐，」意思是獻給海麗特小姐。

「我的第一音節表示帝王的財富與豔麗，大地的君主！他們的奢華與安逸。」

這是「宮廷」。

「我的第二音節帶來了男人的另一景象，

看他在那裡作眾海之王。」

那是「船」，已經夠明白了。現在再來念精采部分吧！「但是，啊！結合起來……」就是「求愛」，英語court（宮廷）和ship（船）兩詞結合起來，使構成courship，意爲「求愛」。

「我們就顛倒了過來！
男人誇耀的權勢與自由，一切皆空；
地與海的主宰，他卑躬屈膝變成奴隸，
而女人，可愛的女人，卻受著朝奉。」

一個非常適當的恭維！——跟著就是請求了，我想，親愛的海麗特，這你不難領會。你自己逍遙自在地讀一下吧！毫無疑問，這是爲你寫的，也是寫給你的。

海麗特無法抗拒這美麗的詩謎，她讀著結尾的兩行，不勝雀躍，她說不出，但也並不要她說，只要她感覺到就夠了。愛瑪替她說：「在這一句恭維的話裡，有一種意有所指的特殊意義。」她說，「對於艾爾頓先生的用意，我一點都不懷疑。你是他心儀的對象，這一點馬上就會得到充分的證明。我早認爲必定會如此。但是，現在很清楚了，他心境的明白和堅定，也正符合自從認識你以來我對這個問題所抱持的希望。海麗特，我渴望要發生的事情，現在已經發生了，你和艾爾頓先生之間的戀愛，是否是最理想最自然，當時我也說不上。它本身的可能性以及適宜性，已經眞的這樣使你們彼此相配！我很高興。我衷心祝賀你，海麗特。這是一個女人大可以感到光榮的一種在創造中的戀愛。這是一種有益的結合，將給你帶來你所需要的每樣東西——尊敬、獨立，以及一個適合的家庭，那會使你處於一切眞正朋友們的中心，接近哈德莊園和我，而且永久確立我們的友誼。」

「親愛的伍德豪斯小姐」，又一個「親愛的伍德豪斯小姐」，這是海麗特在滿意地擁抱了愛瑪好幾次之後最初所能講的話。但當她們更進一步談話的時候，那就足以使愛瑪明白，海麗特已經恰如她應該做到的那樣（亦即按照愛瑪的計畫）去理解、感覺和期待這份愛戀了。艾爾頓先生的優越地位已得到足夠的認同。

「你的話總沒錯，」海麗特大聲說，「所以我認爲，而且相信和希望必定是如此；否則，我便不能想像了。我很不配。艾爾頓先生可以娶任何人，他那麼的優秀，只要想一想那一篇韻文——「給某小姐」，哎呀，多巧妙啊！——它眞的是爲我寫的嗎？」

「關於這一點，我既不能提問題，也不能聽問題。那是確定無疑的事實，相信我的判斷，接受了吧！這是戲劇的序幕，篇章的警句，馬上接著就是平鋪直敘的正文了。」

「這是沒有人能夠料想到的事情。我相信，一個月前自己也同樣不知道！最奇妙的情況竟眞的發生了！」愛瑪心想：

當海麗特小姐跟艾爾頓先生熟悉的時候——他們眞的熟悉了——而且眞的很奇怪，這樣顯而易見的合乎理想的事——原來需要別人事前安排的事而竟如此水到渠成，眞是出乎常規之外。

在這部小說裡，作者經常使用內心獨白或自言自語的方式，使我們了解愛瑪此時此刻的想法，也同時顯示了作品以女主角爲中心，其他角色容或有上場與退場的時候，然而愛瑪總是在聚光燈下，成爲讀者關注的焦點，即使偶爾不在場，也由他人口中談起她，每個人物都有各自的生命史與性格特徵，而他們又同時聯合起來，環繞著愛瑪，猶如衆星拱月，她對海麗特說：

你跟艾爾頓先生的聚會是緣分，你們湊成一對，是由你們各自家庭的情況決定的。你們的婚姻可以跟我以前的女家教那一對夫婦媲美。在哈德莊園的空氣裡，好像有一種東西，能夠給愛情以正確的方向，把它送進它應該流入的渠道裡去。

莎士比亞《仲夏夜之夢》第一幕第一場的「眞正愛情所定的道路永遠崎嶇多阻的……。」哈德莊園版本的莎士比亞，對這段話一定要加上一個很長的注解。

海麗特也興奮無比地回答道：「在所有的人中，艾爾頓先生竟會眞的愛上了我！不久前我還和他不認識，不講話。而他呢，英俊的外表，十分像南特利先生那樣爲大家所景仰！大家都想跟他交朋友，因此他每個禮拜受到的邀請比一禮拜的天數還要多，在教堂裡又是這麼出色！自從他來到海伯利以後，納許小姐已經記下了他宣讀的全部經文。哎呀！回憶第一次看到他的時候，我是什麼也沒想啊！那兩位艾博特小姐和我聽到他正路過門口，我們就跑進前室從百葉窗偷看，納許小姐來了把我們轟走，自己卻待在那裡看。不過，她即刻又把我喊了回去，讓我也看，這說明她脾氣好。當時我們認爲他是多麼帥氣啊！」

兩位女孩愈談愈快樂，愛瑪於是興高采烈地如歌唱般哼出了一系列的排比句：「這是一種必定使你的朋友們感到愉快的結合，不管她們是誰。假如她們眞心希望看到你幸福地結婚，那麼，她們都會同意，他便是最理想的對象，因爲他可愛的性格就是保證；假設她們願意使你在好的環境裡安家，那麼，在這裡就可以辦得到；假設她們的唯一目的，是要你嫁得幸福，那麼，這裡便有使人安樂的財產，値得尊敬的事業，蒸蒸日上的前途，這一定會使她們滿意！」

「是的，很對。講得多好啊！我非常愛聽。你樣樣都懂。你跟艾爾頓先生一般聰明。這樣一個字謎，我是想寫也寫不出來的。」

「他原先拒絕爲我們編寫字謎時，我就想到他也許是要回去試試自己的技巧。」

「那是我讀過的最好的字謎。」

「的確，我也從來沒有讀到過比這個更切題的字謎。」

「也幾乎比我們前面蒐集的任何一個字謎長一倍。」

「我倒不特別重視它的長度。這類東西，一般說，也不能太短。」

海麗特的心思都集中在字謎上了，無心聽別的，心頭正湧起最滿意的比較。

「文章也像人一樣，」愛瑪振振有詞道：「用這樣的韻文和字謎來表情達意，與平常因爲有話要說，而坐下來寫封信，而且只是簡短地說你所必須說的話，完全是兩回事。」愛瑪從今得到了一種強而有力的理由，否定馬丁先生寫信所用的散文。

「這樣可愛的詩行！」海麗特繼續說，「尤其是最後兩行！但是我們將如何歸還這張紙條呢？如何說我已經猜出來了呢？噢！伍德豪斯小姐，我們該怎麼辦呢？」

「交給我好了，你什麼都不要管。今晚他會到這裡來，到時候由我還歸還給他，跟他閒聊一下。你只要用柔媚的眼光臨場發揮就好了。請相信我。」

「噢！伍德豪斯小姐，我不能把這個可愛的字謎抄在我的冊子裡，是多麼可憐啊！我相信我還沒有得到過一個這樣好的哩！」

「把最後兩行刪掉，你便可以抄在冊子裡面了。」

「噢，但那兩行是……。」

「全篇中最好的。當然，爲了個人的欣賞，把它們記在心裡，你知道，並不因爲你把它們分開，它們就減少了意義。這兩個聯句是照樣存在的，而且意義也不變。但把它們刪掉，所有的『特殊性』就消失了，只剩下一首很妙的文雅字謎，適合於任何集子。你相信，他不會願意讓他的字謎受輕視的，正像他不願意他的熱情受輕視一樣。在戀愛中的詩人，都必須給予鼓勵，把冊子給我，讓我替你寫下來，這樣，他就不可能對你有所指責了。」

雖然海麗特心裡幾乎捨不得把字謎分開，卻還是聽從了愛瑪的話，畢竟這寶貴的愛情宣言，此刻是不宜公開的。

「我要永遠不讓那本冊子離開我的手。」她說。

「很好，」愛瑪回答說，「最自然的情感，往往能保持得愈久。現在我父親來了，你不要反對我把這個字謎念給他聽，那會給他帶來很大的快樂。他最喜歡這一類東西，尤其是讚美女子的詩句，他對大家都非常溫和、體貼。你讓我念給他聽聽吧！」

海麗特表現出很嚴肅的樣子。

「親愛的海麗特，你不要把這個字謎看得太貴重，這樣你會不適當地洩漏出你的感情，不要因爲這麼一點表示愛慕的小禮物就被迷住了。假若他眞的要保密，那他就不會當著我的面把這張紙留了下來，而且那張字謎，與其說是他遞給你的，不如說是遞給我的。關於這件事，我們還是不要太認眞了吧！」

「噢！不，我希望不要受人嘲笑。你看著辦吧！」

伍德豪斯先生進來了，而且很快就談到這個題目上來，重提他常問的問題：「親愛的，你們的冊子進行得怎樣了？——你們已經得到什麼新東西了嗎？」

「是的，爸爸，我們有一點東西念給你聽，十分新鮮的。今早在這張桌子上發現了一張紙——我們認爲是一個神仙丢下來的——上面寫著一個很好的字謎，我們剛剛把它抄進去了。」

她念給他聽。他就是喜歡聽別人慢慢地念東西，愛瑪清楚地念了兩三遍，一面念一面解釋，他非常高興，而且，果然不出她的所料，讚美的結論特別使他受到感動。

「啊，的確說得很適當，很對。『女人，可愛的女人，』這樣好的一個字謎，親愛的，我可以很容易猜出是什麼神仙帶來的。除了你，愛瑪？是沒有人能寫得這麼好的。」

愛瑪只點點頭，笑了笑。在思索了一下和輕輕地發出一聲嘆息之後，爸爸繼續說：「你在學習誰的榜樣，不難看出來！你親愛的媽媽對於那些東西也曾經那麼在行！我只要有她那樣的記憶力就好了！但是我一樣都記不得，甚至你曾經聽見我提過的那首謎語都記不得，它有好幾節，我只記得第一節：

一個漂亮、冷淡、無情的閨秀，
燃起一種愛情之火使我悲愁，
我請那位蒙著眼睛的小孩來幫我，

又怕他靠近身旁，
對於栽從前的求愛是這樣的致命傷。

「這是我所能記起的一切，但全首都是很巧妙的。」

「是的，爸爸，這首已經寫在我們的第二頁上了。我們是從文選上抄下來的，那是蓋利克的。」

「啊，很對。我願我能多想起一些……，一個漂亮、冷淡無情的閨秀。……這個字謎使我想起你姊姊伊莎貝拉，因爲她幾乎按她祖母的名字取名叫凱瑟琳。我希望下星期她會來這裡。親愛的，到時候把她安置在什麼地方，她的孩子們要睡在哪一個房間？」

「噢，是啊，自然是她常住的那間，小孩子也有育嬰房，正像往常一樣，不需要變動吧！」

「我不知道，親愛的，但從上次復活節她在這裡，到現在已經這麼久沒有來過了！而當時她又只住了幾天。你姊夫約翰．南特利先生作了律師，很不方便。可憐的伊莎貝拉，她很悲哀地同我們大家分開了；當她來的時候，在這裡看不見家庭教師泰勒小姐，她會多麼難過啊！」

「她知道泰勒小姐結婚的事，所以不會吃驚的，爸爸。」

「我不知道，親愛的，可是當我第一次聽到她要結婚的時候，我是很吃驚的。」

「等伊莎貝拉回來的時候，我們再請溫斯頓夫婦來吃飯。」

「是的，親愛的，如果有時間，但是（用一種很抑鬱的聲調說）她只回來一個禮拜，做什麼事都沒有時間。」

「她們不能待得久一點是很可惜，但那是沒辦法的事。姊夫二十八號又要進城了，我們應當慶幸她們到鄉下來的全部時間——整個聖誕節假期幾乎都留給我們了。」

「親愛的，假若可憐的伊莎貝拉不在哈德莊圖而在別的什麼地方，那一定很苦。」

伍德豪斯先生總是不相信出嫁後的女子能幸福快樂，因此無論是伊莎貝拉或泰勒小姐，只要女孩子離開了哈德莊園，他就寄予無限同情。

他坐著沉思了一下說：「雖然你姊夫很快地就要回倫敦，但是我不懂爲什麼可憐的伊莎貝拉也要那樣快回去啊？我想，愛瑪，我們應該設法勸她同我們多待一些時候，她跟小孩子在這裡都會很好的。」

「啊！爸爸，這是辦不到的事。姊夫走了，伊莎貝拉留下來是受不了的。」

這是不容置辯的事實。這句話雖然不動聽，但伍德豪斯先生也只能發出一聲無可奈何的嘆息。他一想到他女兒對她丈夫的難分難捨，他的精神便受到了影響。愛瑪看出了這一點，就即刻把話題岔開，以便鼓舞他的精神。

「當姊夫跟姊姊在這裡的時候，海麗特必定會盡可能跟我們在一起。我相信她會喜歡那些小孩子，我們頗以那些小孩子爲榮，不是嗎？爸爸。我不知道她認爲哪一個最漂亮，亨利？還是約翰？」

「啊，我也不知道。可憐的小寶貝，他們是多麼的高興啊！他們很喜歡住在哈德莊園，海麗特。」

「我想，他們是喜歡的，先生。我不相信有誰不喜歡。」

「亨利是一個好孩子，但是約翰很像他的媽媽。亨利是大孩子，是隨我取的名字，不是隨他的父親；約翰，第二個孩子，是隨他父親起的名字。伊莎貝拉不讓大孩子隨著父親起名字，我相信，有些人很驚訝，但這一點，我倒認為她很好。而且，他的確也是一個非常聰明的孩子。他們都非常聰明，他們有這麼多可愛的舉動。他們常常站在我的椅子旁邊說：『外公，你能給我一點繩子嗎？』有一次，亨利向我要一把小刀子，但我告訴他刀子是外公用的東西。我認為他們的爸爸對他們往往太兇了。」

「你覺得他很兇，」愛瑪說，「那是因為你自己太文雅了。但是，假設你能拿他跟別人的爸爸比較一下，你就一定不會認為他兇了。他希望孩子們活潑結實，要是他們淘氣，他就會時常罵他們幾句；但他是一個慈愛的父親——約翰·

南特利先生的確是一個慈愛的父親。小孩子都很喜歡他。」

「他們的伯父進來之後，又怪令人可怕地把他們抱起來拋向天花板！」

「但那是他們喜歡的啊，爸爸。再沒有什麼事情使他們這樣歡喜，那對於他們是一種樂趣，而且要不是伯父事先立下了輪流的規則，誰都不會讓誰先開頭的。」

「唉，我不懂。」

「我們大家都是如此，爸爸。世界上有一半人不了解另外一半人的樂趣。」

愛瑪作爲書中唯一的女主角，舞臺聚光燈的焦點，她與其他角色的區別除了光明良善的性格外，有時也表現在哄勸年老父親時所閃現的靈光智慧。因此，她絕不是單純得有點愚蠢的女孩，儘管她在作媒時，產生了無可救藥的盲點，但珍・奧斯汀無疑是藉由她來展現鄉村女性甜美圓融的處世哲學。

接下來當兩位小姐要分頭準備四點鐘的正餐時，這一首無可取代的字謎的作者又出現了。海麗特害羞地轉過臉去，但愛瑪卻仍能像平常那樣微笑著接待他。

她敏銳的眼睛馬上便在他的眼神裡看出他的不安來，因爲他已經發動了一個攻勢，已經投擲了一個骰子。她認爲他是來看反應怎樣。但他表面的理由，是來詢問：要是他不在場，伍德豪斯先生的晚會是否湊得成？是否有點需要他待在哈德莊園，如果需要，他便放棄別的一切事情，但是另一方面，他的朋友寇爾要約他一塊兒吃飯，邀請得得非常懇切。

愛瑪對他道了謝，但不許他爲了他們的緣故而使他的朋友失望。艾爾頓先生正要鞠躬告別，她突然從桌子上拿起了那張紙還給他。

「這是你盛情留給我們的字謎，我們得以拜讀，謝謝。我們非常佩服，我已經冒昧地把前八行寫在海麗特小姐的集子裡了，你的朋友不會見怪吧？」

艾爾頓先生確實不知道說什麼才好，他顯得頗爲猶豫，不知所措。似乎說了一句「榮幸」什麼的話，看了看愛瑪，看了看海麗特，接著看到那本冊子擺在桌上，便拿起來，用心地看。爲了要解除這一刻的不自然，愛瑪微笑著說話了：

「你必須替我向你的朋友道歉，這樣好的一首字謎，是不能限於一兩個人欣賞的。他寫得這樣體貼，他必定能得到每個女人的稱許。」

「我一定轉告，」艾爾頓先生回答說，雖然他說話的時候頗爲遲疑。「我想，如果我的朋友能夠像我這樣看到他的這首小詩被認爲是傑作的話（又看了那本冊子，然後把它放到桌子上），他一定會認爲這是他一生中最光榮的一個際過呢！」

在這篇談話之後，他盡快地告辭走了。愛瑪還是覺得他走得太慢了一點，因爲雖然他有令人愉快的品性，但在他的言詞中卻有一種誇張，使她禁不住想笑。等他一走，她立刻跑開去笑個痛快，把無上的幸福感留給海麗特來享受。

讀者可能發覺艾爾頓牧師身上有《傲慢與偏見》裡柯林斯牧師的影子，兩人同樣過甚其詞，語氣誇張，令女主人公就是忍不住想笑。但是作爲珍·奧斯汀前期作品中人物之一的柯林斯先生，在形象塑造上，卻還是顯得筆法生疏，說話的神態很不自然，好像是一個假人。但是到《愛瑪》，令人發噱的牧師又出現了，這一次卻是一個活生生的道貌岸然的神職人員，他的極盡奉承，又再次與第一男主角作了出色的對比，一樣是前後兩次求婚，從失敗到成功，我們會逐漸發覺珍・奧斯汀在筆力與思想上都更加成熟穩健了。從這個角度來看，我們也不妨將《愛瑪》視爲《傲慢與偏見》的成熟版來對照著欣賞，以獲得新鮮的閱讀樂趣，同時也看出作家的成長痕跡。

* * * * * *

這個故事就像珍・奧斯汀的許多作品一樣，有一句經典性的開場白：

愛瑪・伍德豪斯小姐，漂亮、聰明、富裕、家庭環境好、天性樂觀，好像同時享有了人生的各種福分，已經無憂無慮地在世上過了二十一個年頭了。

小說一開始就描寫了家庭教師泰勒小姐嫁給溫斯頓先生做續弦的景況。當時，愛瑪的姊姊伊莎貝拉也已經結婚了，因此美麗廣闊的哈德莊園只剩下愛瑪與老父親作伴，另外，姊夫的弟弟，整整比愛瑪大了將近一倍歲數的南特利先生，也經常來莊園裡同這一對父女談天，而且儼然成為他們一家的精神支柱。

愛瑪最大的嗜好就是為人作媒，她相信自己有權利與能力去安排朋友們的人生。當她父親因為痛失大女兒與女家教而勸她不要再給人說媒時，她天眞淘氣地說道：

最後一次了，爸爸。為了艾爾頓先土，這是最後一次了，我一定要為他找到適合的妻子。

愛瑪認為她的新朋友（某神祕富商的私生女）很適合她們教區裡新來的牧師。但海麗特原先與南特利先生的佃農馬丁相熟，馬丁雖然是農夫，卻有不錯的修養，只可惜在愛瑪的眼中，他配不上海麗特。因為她認為海麗特既是她的朋友，那麼她的社會地位應該高於馬丁。因此當馬丁寫信來求婚的時候，愛瑪幾乎是半強迫地要求她立刻寫信回絕。她在為海麗特畫像以及蒐集詩謎時，其實都是在極力撮合海麗特與艾爾頓。然而，實際的情況是，海麗特雖然受寵若驚，但艾爾頓所欲追求的人，卻反而是愛瑪。小說中讓讀者很清楚地看出愛瑪一廂情願的想像力，連艾爾頓先生對畫像的恭維與提供的詩謎，都能聯想成他是為了追求海麗特，所以連連對愛瑪這位媒人表示露骨的謝意。

在這段過程中，南特利先生一直瞭如指掌。作者運用了許多幽默的暗示性語言，向我們吐露事實。而正面點出一切的還是南特利先生。當愛瑪誇讚艾爾頓先生態度十分和善時，南特利不無嘲諷地說：「是啊，他確實是對你很和善呢！」珍．奧斯汀在一八一四年一月二十一日開始動筆寫《愛瑪》時，曾說道：「我所要創造的女主人翁，除了我以外，沒有人會喜歡她。」但後來事實證明，愛瑪是英國小說讀者最喜歡的女主角之一。讀者們認為儘管在性格、修養和風度上，愛瑪有明顯的缺點，甚至從她的虛榮、勢力、任性和自以為是等處來看，她的缺點還不小。然而就因為這些不自覺的盲目說媒，以及天眞不懂世事的爛漫個性，讓人覺得這些缺點雖錯得離譜，卻也錯得可愛。更何況，她的本質是純善的。這本書於一八一六年在巴黎出版時，法國人將之翻譯為：本世紀最典型的英國人。可見這自以為是得很可愛的性格，多多少少是脫胎於愛爾蘭的民族性的。而且將愛瑪與莉琪稍作比較，即可發現前者因帶有人性的弱點，反而更接近眞實人生；後者在形象上的端莊正直雖自有一番風情，卻可能踰越了這個角色所屬的年齡層與身世背景所能涵義的範圍。

*　*　*　*　*

接下來的故事是發生在聖誕節前後，時節雖然是十二月中旬，但還沒有惡劣的天氣來妨礙這兩位年輕小姐的日常活動。愛瑪要去拜訪一個貧病交加的家庭，離莊園不太遠。她們到這個孤立的茅舍路上，會經過牧師家前面的那條路，那是一條成直角地通往寬闊大街的小路。雖然附近的環境不夠整齊，但是令人憧憬的是艾爾頓先生的幸福住宅就在那裡。她們先經過幾家差一點的房舍，之後，從那條小路下去約四分之一英里的地方便聳立著牧師住宅，這是一所古老的房屋，緊靠路旁。位置並不怎麼有利，但現在的主人已經把它修整得很像樣子。既然如此，要讓那兩位朋友經過這所房屋而不放緩腳步仔細觀察，那是不可能的。愛瑪說：「就在那裡了。有一天你會帶著你的謎語冊子到那裡去。」海麗特說：「噢，多麼可愛的一所房屋啊！多麼美啊！那些黃色窗簾是納許小姐最羨慕的。」

「『現在』我不大走這條路，」她們一面走，愛瑪一面說。「但是『今後』就會有一種吸引力，我會慢慢地跟這裡的籬笆、門扉、池塘和樹林熟悉起來。」

她發現海麗特還不曾進過這所牧師住宅。海麗特極想進去看一看，愛瑪把這種好奇心，跟艾爾頓先生認爲海麗特有渾然天成的智慧，同樣看作是愛情的證明。

「要是早想到這點就好了，」她說，「但我現在想不出任何講得過去，可以拜訪的藉口。我連向他女管家打聽也不能，因爲我又沒帶父親的信。」

她思量著，但想不出辦法。在互相沉默了幾分鐘之後，海麗特才開始講話：「我眞奇怪，伍德豪斯小姐，你竟不結婚，或者竟不打算結婚，像你這樣迷人！」

愛瑪大笑，回答說：「我迷人，並不代表我應該結婚；我必須發現別人也迷人，至少得有一個。不要說現在我不要結婚，我甚至連一點結婚的心思都沒有。」

「是嗎？我不相信。」

「我必定要看到一個比我曾經看到過的任何人都高明，才能爲他動心，艾爾頓先生，你知道（她自己回想了一下），是不在考慮之內的。我不願看見任何一個這樣的人，因爲我寧願不動心。實際上，如果要我結婚，我一定會懊悔。」

「哎呀！聽到一個女人這樣講話，眞是奇怪！」

「我沒有一般女人要結婚的那種動機。假使我要戀愛的話，那又是另外一回事。但是我從不曾戀愛過，那不是我的作風，或者說不是我的天性，而且我認爲將來也不會。如果沒有愛情，就要我改變目前所擁有的生活，那簡直把我當成一個大傻瓜。財富，我不需要；職業，我不需要；地位，我不需要。我相信，很少結了婚的女人，在家裡能有一半像我在哈德莊園這樣地自由作主，而且我也永遠永遠盼望不到，像我現在這樣眞正地被寵愛和眞正地舉足輕重，盼望不到我在任何人眼裡，就像在我父親眼裡那樣，總是居於優先地位，而且始終如一。」

「那麼，你打算作一個老處女，就像貝茲小姐那樣。」

「這誠然是個可怕的例子，海麗特，要是我認爲我會像貝茲小姐那樣愚蠢，那樣滿足，那樣微笑，那樣嘮叨，那樣糊塗，那樣難於取悅，那樣容易談自己周圍每個人的長短，那我明天就要結婚了。但我們兩人除了沒有結婚這一點以外，永遠不會有任何相似的地方。」

「但你仍然會是一個老處女——那樣很可怕！」

「沒有關係，海麗特，我不會成爲一個可憐的老處女，只有窮困才使一般人輕視獨身生活！一個沒有多少收入的獨身女子，必定是一個可笑而討人厭的老處女，是小孩子們的嘲笑對象；但是，一個很有錢的獨身女子，總是很令人尊敬，也可能同任何別人一樣通情達理、令人愉快。而且這也並不完全像一般人所想像的那樣違反世俗的常理。因爲一種很有限的收入容易使一個人的心胸狹隘、脾氣古怪。那些僅能餬口的人，那些不得不在一種很狹小的也往往是很低下的社會過活，很可能養成吝嗇和乖戾的脾氣。然而這不適用於貝慈小姐，她只是脾氣太好，人太愚蠢，所以我不喜歡她，但一般說來，她卻是能跟每個人都合得來的好好小姐。雖然她獨身又貧窮，窮困的確不曾使她的心胸狹隘，我相信假設她只有一個先令，她也會分出六個便士給別人。沒有誰怕她，這是一種很大的魅力。」

「哎呀！但你怎麼辦呢？等你老的時候，你要怎樣打發日子呢？」

「假設我了解自己的話，那麼我的心靈便是一顆活潑忙碌、富有獨立才智的心靈。我看不出爲什麼到四、五十歲的時候會比現在二十一歲的時候更難打發日子。一個女人用眼、用手做的事，到那時候，對我來說，將同目前一樣的得心應手，或者說沒有什麼重大的變化。假設畫得少一點，我就多讀點書；假設放棄了音樂，我就編織地毯。至於說生活的樂趣，情感的寄託，這的確是一般人的大問題，在獨身生活中，缺乏這些實際上是很大的不幸，應該加以避免。我將來的日子倒可以過得好，我姊姊的孩子，我都喜愛。他們將來大概會滿足我老年情感上的需要，他們足夠寄託我的希望，叫我無所疑懼；雖然我對他們的情感比不上一個作母親的，但在我看來，那要比熱烈的盲目感情更好。我有外甥和外甥女；而且我還要常常有一個外甥女跟我在一起。」珍・奧斯汀在《愛瑪》這部作品裡所顯示的功力，不僅在角色的刻畫上轉趨圓熟、世故與人性化，更在婚戀觀上首度打破了傳統的觀念——女性不結婚，即成爲老處女的悲慘處境——取而代之的是以活潑、獨立的才智與心靈安排自己的單身生活。面對愛情與婚姻的關係，此時的珍・奧斯汀不僅更堅定地認爲愛情是婚姻的基礎，同時她也不排除只戀愛不結婚的可能。這一點初萌的女性意識，在十九世紀初的英國社會裡，藉由新興文類——女性小說來抒發，具有難能可貴的歷史意義。珍・奧斯汀認爲女性只要擁有自主的財產則可自由選擇是否進入婚姻的觀念，或許是維吉妮亞・吳爾芙所謂「自己的房間」此一論點的源頭活水。如果再仔細分析其思想內容的前衛性，則恐怕又在吳爾芙之上了。

提到外甥女，讓海麗特想起了一個耳熟能詳的人物：「你認識貝慈小姐的姪女嗎？我知道你一定見過她很多遍了——但你們熟識嗎？」

「噢，是的，每逢她來海伯利的時候，我們總不得不來往。提到這個，那眞夠煩人的了。至少，我絕對不容忍人們一直述說小南特利的種種，達到貝慈小姐述說她姪女珍・凡可斯一半的程度。一般人一聽到珍・凡可斯的名字，就覺得厭倦。因爲貝慈小姐對她寫來的每一封信要讀上四、五十遍，她對朋友的問候，可以一再地輾轉相傳。假設她只是送了她姨媽一個小東西，或者替她外婆縫了一雙襪帶，那麼，一個月的工夫，你就不會聽到別的話了。我希望珍・凡可斯好，但她卻使我厭倦透了！」

她們現在走近這所茅舍了。一切閒談暫告結束，愛瑪很有同情心，在小屋裡，窮人的痛苦在她的關心、仁慈、忠告和耐心的勸說下所得到的慰藉，不亞於從她錢袋裡所得到的幫助。她了解他們的生活作風，能夠體諒他們因爲缺少教育而產生的愚昧，她對於那些人並不存奢望，對於他們的困苦卻深表同情，而且常以極大的包容與善意幫助他們。在眼前這個事例中，她來看的是貧病交加的人，在盡量給了她安慰和忠告之後，她離開了那所茅舍，帶著這麼一種印象，使得她一面走一面向海麗特說：

「看一看這種情景，海麗特，對一個人是有好處的。他們襯得其餘的每樣事情都顯得多麼不關重要啊！我覺得彷彿在這一整天裡，除了那些可憐的人們之外，我什麼也想不到，他們實在很難從我的心頭消逝。」

「很對，」海麗特說，「可憐的人們！你再不能想到別的什麼了。」

「確實，我認爲這種印象不會馬上就消逝，」愛瑪一面穿過低籬笆和破損不堪的臺階，一面說話。那個臺階結束了那所茅舍花園裡的又窄又滑的小路，而把她們又引到那條牧師家前面的路上來。「我認爲不會，」她停下來，又看了一次那個地方的可憐相，同時把裡面的更大不幸也追憶了一下。

「哎，不會的。」她的同伴說。

她們走著。那條巷子裡有一個轉彎處，當她們轉過來的時候，艾爾頓先生意外地出現在眼前，而且距離近得使愛瑪只有時間說：

「啊！海麗特，要看我們的意念是否堅定，這裡正是一種意想不到的考驗啊！」海麗特，在這位紳士向她們走來之前，只能回答說，「噢，唉，是的。」不過，他們碰面的時候，談論的第一個話題是那一家可憐人的貧困與痛苦。他原來也是要去看他們的，現在他卻願意稍微耽誤一下時間，關於能夠做的事以及應該做的事，他們進行了有趣的會談。然後，艾爾頓先生轉回頭去陪她們一塊兒走路。

「彼此在這樣的一種使命上碰面，」愛瑪想著，「爲一種慈善的計畫而交談，這會大大增加雙方的愛情。如果說這時機能促成愛情的表白或宣告，我是不會覺得驚奇的。一定會有這樣的結果，我不在這裡就好了，但願我是在別的地方。」

急於想同他們盡可能分開，愛瑪不久便走上一條很窄的小路，從那條巷子轉進去，把他們留在大路上。但她剛剛走了兩分鐘的工夫，就發現了海麗特的依賴和模仿的習慣正使她也要趕上來，因此他們馬上就跟在後面了。這不行，她即刻停下來，藉口說想重新繫好短統靴的帶子，因此彎下腰來，把小路都擋住了，請他們繼續向前走，半分鐘之後她會趕上來。他們聽從了愛瑪的話。當她差不多已經重新把鞋帶繫好的時候，很高興又有了一個耽擱的藉口，原來那家茅舍派往哈德莊園拿著瓶子取肉羹的小孩趕上了她。陪著這個小女孩走走路、講講話，提些問題，是世界上最自然的事。也只有這個方法，能讓海麗特和艾爾頓先生繼續往前走，沒有等候她的必要。但是，愛瑪不久又趕上他們，這並非自願，而是因為那小孩的步伐很快，而他們卻走得很慢，看到他們興味盎然地談著話，愛瑪更為不安，艾爾頓先生正興奮地講著，海麗特高興地注意聽著。愛瑪打發那個小孩向前走了之後，正開始想她應該如何設法再迴避一下，他們卻突然回過頭來，於是她不得不同二人一起走。

原來艾爾頓先生在談著宴會中有趣的事情。然而，愛瑪發現他只是講著他昨天在朋友寇爾家裡參加宴會的情況，而自己所聽到的也只是斯提爾頓乾酷、北溫爾特郡乾酪、牛油、芹菜、甜菜根和水果點心，她感到失望。

「這一定會馬上引到更好的話題上去的，」她聊以自慰地想著，「會引到使那些戀人們發生興趣的話題，會成爲知心話的序幕。我要是離開他們的時間再長一點就好了！」

他們現在靜靜地走著，直到看見牧師住宅的圍籬。突然間，一種至少要使海麗特進到這所住宅裡面去的決心，使得愛瑪又在她的皮靴上找藉口。於是她弄斷了鞋帶，而且敏捷地把它扔到水溝裡去。現在不得不要求他們停下來，承認自己沒法把鞋帶繫好，勉強走回家去。

「我的鞋帶已經斷掉一截了。」她說，「我不知道應該怎麼辦。我對兩位感到抱歉，但希望我不是經常這樣失誤。艾爾頓先生，我必須請你允許我們在你家逗停一下，向門房要一根帶子或繩子，或者任何能夠代替鞋帶的東西。」

艾爾頓先生聽到這個提議非常高興，熱心地引導她們進入住宅。二人進入他常使用的房間，後面緊通著另一房間，這兩間房中間的那道門正開著，愛瑪跟著門房進去，在那裡解決了鞋帶斷掉的問題。她不得不把那道門照舊半開著，卻指望艾爾頓關上門。結果並沒有關上門，仍然半開著。她和那個門房雖不斷談著話，但希望艾爾頓在隔壁房間裡聊些自己的話題。有十分鐘的工夫，除了自己的話之外，什麼也沒聽見。愛瑪覺得這情況再不能拖下去了，於是趕緊結束談話，來到隔壁房間。

一對情人正站在窗前。看起來頗有希望，足足有半分鐘的工夫，愛瑪感覺到計畫成功。但那還不行，他還沒有說出重點。他告訴海麗特說先前就看到她們路過了，所以是有意跟著她們去的，另外又是一些無關緊要的話。

「小心，很小心，」愛瑪想，「他一步一步地前進，除非到他相信自己有把握的時候，他是不會冒險的。」

不過，雖然每樣事還不曾按照她聰明的設計完成，她卻不能不引以自豪，她的計畫已經給兩人帶來了快樂，而且也必定正在引導著他們走上終身大事的道路上去……。

愛瑪這位「不婚的婚姻專家」，是寫過許多婚姻故事的獨身女作家珍·奧斯汀所設計出來的特殊小說人物類型。在這齣喜劇裡，描述了一個自以爲是的女孩，因錯誤而成長的過程。她在書中數度陷身於自己編織的幻覺之網中，出於善意地操縱著別人的幸福。評論家們描述作家所生活的那個時代，是個處處存在著理性之愛的時代。不僅六部小說中的十六個吻，都屬於家人，同時在《傲慢與偏見》裡，達西先生第一次在舞會上對莉琪的批評，甚至於在一度求婚時，還同時指責了她的家人，這些不可原諒的錯誤，之所以能在二度求婚時得到化解，關鍵可能就在當時的社會禮儀。珍·奧斯汀的小說向來被譽爲英國最傑出的「禮儀小說」（The Novel of Manners），這一類的小說通常是以當時繁華興盛的中產階級的禮俗與規範爲背景而寫成的故事。在此社會階級中有牧師、律師，以及貴族鄉紳等人士，其特色是個人經常妥協於維持社會平衡的原則，因爲每個人都有一定的社會地位，因此他們也多能謹守本分，不做踰矩的行爲讓自己和親友難堪。當時的英國人就是以這樣的準則來判斷一個人的教養程度。這也許就是《愛瑪》被歷來評論家稱許爲最具英國味的理由之一了。

在書中，愛瑪起初不認同海麗特與馬丁的關係，她對南特利先生說：「什麼！你認爲一個農夫是我閨中暱友的好對象！而且認爲我不會對她離開海柏里去嫁一個我永遠不會接納爲朋友的人感到遺憾！……馬丁先生可能比較富裕，但在社會階層上，他絕對比不上海麗特，她所活動的圈子比他高尚多了。這將會是一件丟臉的事。」小說結尾處，海麗特的身世眞相大白，原來她不過是個商人的私生女，並不是愛瑪所幻想的名門千金。認識當時社會階級的觀念，對我們理解這類的禮儀小說，應當會有幫助。包括愛瑪在大雪天的聖誕夜被艾爾頓牧師求婚時，所表現出來的驚訝與沮喪，也都必須在這樣的社會階級認知下予以解讀，才能夠心領神會。當時的律師、牧師和商人在社會上所處的中層位階，剛好也是這部小說裡，上、中、下三層社會地位的中間角色。在這個如象牙微雕般精緻地描述著三、四個家庭生活的人情小說裡，最上層的仕紳階級以南特利先生和伍德豪斯先生爲代表；其次是牧師艾爾頓先生與老處女貝慈小姐；再其次則是佃農羅伯特・馬丁和私生女海麗特。如此井然有序的階層，勢必聯繫著以金錢和地位爲基礎的婚姻關係。因此南特利先生才會認爲馬丁追求海麗特，是她的福氣。「有好家世的男人不會喜歡與一個家世不清的女孩聯姻。而且大部分謹愼的男人也會怕有朝一日她的身世之謎揭曉時，將帶來不便與恥辱。」因此，愛瑪所受到的責難，有一部分原因是她對於海麗特的社會地位認識不清。南特利先生被人所信服的地方，也就在於他的說法符合當時人們所理解的社會規範。

故事的結局，海麗特幾經波折，終於嫁給了馬丁，可見珍・奧斯汀在小說處理上是尊重當時社會規範的。然而中間也曾出現過如同雲層縫隙間偶爾露出天光般的女性自覺。愛瑪談論自己準備好過獨身生活的一大段文字，吸引了許多具有性別政治意識讀者的目光，她們據此形構小說家突破社會常規的企圖。女主角最後情歸於動不動就指正他的南特利先生，珍・奧斯汀已經在不撼動父權結構的框架下，藉由保守的海麗特與自主的愛瑪之間的問答與對談，初步討論了女性應有的合理生活方式。愛瑪在作者筆下確實占有鬆動十九世紀英國社會道德觀的優勢，在當時主流的觀念下女性必須勤習各種才藝，以虛矯的被動姿態進行著主動追求男性的實際行為，捨此只剩兩條路可走，一是家庭教師，年紀老大後，頂多嫁作續絃；另一條路就是小說中一再被人所嘲笑的老處女。愛瑪漂亮、聰明、有錢，六歲喪母，女家教又不甚嚴格，因此她不必為了釣金龜婿而強迫自己練習各種才藝，對於音樂及繪畫都是隨興所至的自然展現。她在家中獨攬大權，父親既視她為掌上明珠，又經常提出反對女兒出嫁的論點，擔心她離開舒適優渥的哈德莊園……，這些條件足以讓女主角坦然無畏地說：我沒有結婚的必要！至於戀愛，那是另一回事。

學者Robert Liddel說，珍・奧斯汀的作品是純小說，而所謂「純小說」的作家不以創造大場面、塑造衆多角色與追求各式各樣的寫作技巧爲能事，他們重視內容的素質與人物的品質，並探討角色之間的細膩關係與豐厚情感，例如小說描寫到後來，愛瑪以爲溫斯頓先生的大兒子佛朗可·邱吉爾對海麗特有意，但溫斯頓夫人（即女家教泰勒）卻以爲佛朗可喜歡愛瑪，而且以爲南特利先生對貝慈小姐的姪女珍·凡可斯有意，至於一向持重大方的南特利先生爲了佛朗可對愛瑪的頻頻示好，竟然坐立不安，甚至動怒起來。而愛瑪與佛朗可說話時，表面上極盡挑逗，其實她心裡想的還是爲海麗特找對象：

佛朗可說：「無論什麼時候我想結婚，我都希望是你爲我選擇太太，你願意嗎？（轉向愛瑪）我一定會喜歡你爲我選擇的人，你聰明懂事，你曉得（向她父親一笑。）爲我找個人吧！我不急，可以慢慢培養她、教導她。」

愛瑪：「把她教得像我一樣嗎？」

佛朗可：「沒錯，只有你辦得到。」

愛瑪：「很好，我負擔起這個使命。你會有一個可愛的太太的。」

這段對話表面上看來，好像是佛朗可在追求愛瑪，其實佛朗可是在掩飾目前不宜公開的事實，亦即他與珍・凡可斯已經私定終身了，因此他故意在公眾場合對愛瑪獻殷勤，教人誤解。愛瑪聽了佛朗可的話，則以為他欣賞的是由她一手提攜、培養起來的海麗特，而在不遠處冷眼旁觀的南特利先生，這位英文原文Knightley意為正義騎士的有個性、有見識的男主角，卻逐漸吃起醋來，更遠處或彈琴或說話裝作若無其事的珍・凡可斯眼看著佛朗可與愛瑪兩情歡洽的模樣，心中又是什麼滋味？珍・奧斯汀的小說不僅如她自己所言，像是在兩寸象牙上作拂拭的工夫，同時在人物心理與關係的刻畫上，更像雕琢玲瓏、環環相扣、層層相套的小象牙盒子，值得細心展讀與用心品味。

世界文學評賞課

5

第五章

終於學會了浪漫——安・艾略特的似水年華

英格蘭鄉村牧師家庭出身的珍・奧斯汀，幾乎未曾受過良好的正規教育。在童年大量閱讀古典文學名著與流行小說的自我陶冶下，於二十歲左右展開了她的創作生涯，先後出版的六部完整長篇小說依序爲：《理性與感性》（*Sense and Sensibility*, 1811），《傲慢與偏見》（*Pride and prejudice*, 1813）、《曼斯菲爾德莊園》（*Mansfield Part*, 1814）、《愛瑪》（*Emma*, 1815），以及逝世後第二年同時問世的《諾桑覺寺》（*Northanger Abbey*）與《勸導》

（*Persuasion*）。這些內容反映英國鄉紳生活的散文小說，雖然各有推崇者，然而珍・奧斯汀卻是遲至去世後，才屬以眞名發表創作。她的最後一部小說《勸導》寫在四十歲以後，其間的思想轉折與感情深度，爲許多文評家所重視，使得這部作品除了本身的文學價值之外，還多了一分探討作者心路成長的特殊意義。

這是一個曲折多磨的愛情故事。女主角安・艾略特（Anne Elliot）出身貴族，她的父親始終緊抱著這個沒落的爵位來支撐生活的門面。小說一開始便寫道，英格蘭西南部的薩默塞特郡，有一座歷史悠久的凱林奇豪宅。主人沃爾特・艾略特爵士一向不愛閱讀，卻有一個特殊的癖好，就是動不動便翻看那本《英國貴紳錄》。每回捧起這本書，他就等於在閒暇中找到了消遣，在煩惱中得到了安慰。讀著這本書，想到最早加封的爵位如今所剩無幾，他心頭不由得激起一股豔羨崇敬之情。即使家中的事情使他覺得不愉快，但是一想到上個世紀（十八世紀）所加封的林林總總的爵位，他內心的不愉快，便自然化解了。

究竟《英國貴紳錄》是什麼樣的書？爲何讓沃爾特爵士能夠大半輩子擁抱著

它而沉湎於逝去的夢裡？又爲何使他的大女兒每每見到這本書就感到錐心？二十世紀初深受珍・奧斯汀影響的英國女作家南西・密特佛（Nancy Mitford），本身也出自英國貴族世家，她的幾部小說均以自身所處的上流社會爲背景，尤其是兩本經典之作：*"In Pursuit of Love"*、*"Love in a Cold Climate"*（《戀戀冬季》之《天涯追愛》與《愛在冬季》）故事一開頭，便向讀者介紹了《貴族錄》一類書籍的由來，其中所描述的情景很類似珍・奧斯汀筆下那些沒落貴族，堅持守著迷霧般古老家族歷史的景況，這或許可以幫助我們了解《勸導》中，沃爾特爵士的心境：

我得先簡述漢普頓家族，因爲我有必要強調一點，而且以後不會再提，那就是漢普頓家地位非常崇高，也極富裕。只要看過《柏克氏貴族譜系錄》、《德布雷特英國貴族年鑑》就會明白。但是這兩本大部頭不見得人人都有，而蒙特鐸伯爵的妹婿波伊・道格戴爾撰寫的相關書籍又都已絕版。此人靠著趨炎附勢的天賦、少到不能再少的文采，寫了三本詳細記載妻子祖先的書籍；然而非得請書商去找二手舊書，否則市面上根本找不到（書商會在專門報紙《派系》上登廣告：「任何道格戴爾的作品皆可。」然後一本只要價一先令的複本就會如雪片般寄來。隨後他再自豪地通知買主：「終於找到你要的書。」暗示他花了很多時間才在這些賤如糞土的書中找到，所以三本恐怕得要價三十先令）。這三本書：《喬琪安娜・蒙特鐸夫人與其友》、《偉大的蒙特鐸家族》、《漢普頓紀事》，現在就在我的手邊……。

沃爾特爵士手邊的這本書最大的優點顯然是讓他經久不衰地閱讀著自己家族曾經繼承而來的光榮歷史。每次打開他頂寶貝的那一卷，他總要翻到這一頁：

凱林奇豪宅的艾略特

沃爾特・艾略特，一七六〇年三月一日生，一七八四年七月十五日娶格羅斯特郡南方莊園的詹姆斯・史蒂文森先生之女依麗莎白為妻。該妻卒於一八〇〇年，為他生有以下後嗣：依麗莎白，生於一七八五年六月一日；安妮，生於一七八七年八月九日；一個男嬰死胎，一七八九年十一月五日；瑪麗，生於一七九一年十一月二十日。

沃爾特爵士為了給自己和家人提供近一步的說明，於是在原文瑪麗出生之後加上一段話：「一八一〇年十二月十六日，嫁與薩默塞特郡厄潑克勞斯的查爾斯・默斯格羅夫先生之子兼繼承人查爾斯為妻。」並且添上了自己失去妻子的確鑿日期，接下來又續寫了他們這個豪門當年青雲直上的歷史：起先在英國西部柴郡定居，後來被考古學者載入史書，在出任郡長，接連當了三屆國會議員，由於盡忠效力而加封爵位，以至於在查爾斯二世登基後的第一年，先後娶了那些瑪麗小姐、依麗莎白小姐……，洋洋灑灑地構成了那四開本的兩滿頁，最後是族徽和徽文：文末沃爾特爵士寫道：

假定繼承人（在沒有近親誕生的前提下）：第二位沃爾特爵士的曾孫威廉・沃爾特・艾略特先生。

沃爾特・艾略特爵士就這樣自命不凡地擁抱著自己的儀表和地位，以至於愛慕虛榮成了他的全部性格特徵。他年輕的時候的確是個出類拔萃的美男子，如今到了五十四歲仍然一表人才。他注重自己儀表的程度，就連女性也自嘆弗如。

珍・奧斯汀原本就擅長利用細節來嘲諷整體。原來小說家和歷史學家不同的地方，往往在於後者將其所感受到的風尙和禮儀，例如：飲食穿衣打扮等方式，用以借題發揮，在衣著和個性之間作誇大的聯想，而這一點有時往往是傳統史學家所容易忽視的觀點。在歐洲，法國大革命以前，皇后的喜好主導了時尙的潮流，因爲只有她才能擁有使自己愈趨美麗的最大資本。然而就在十八世紀末，路易十六走上斷頭臺之後，瑪麗皇后的裁縫師貝爾坦小姐逃出了巴黎，輾轉流亡的結果，最後戲劇性地定居在英國，這當然爲英格蘭的時裝界帶來新的刺激。就政治的歷史而言，法國走入了共合體制；就思想史的角度視之，此時期的自由平等論點帶動了啟蒙的意識，順勢引導了藝術界對於更開闊視野的追求與嚮往，作家們逐漸脫離以皇室意志爲依歸的古典主義精神，寫作不再是爲了說教，而是在更大程度上反映自我的思想。

從當時歐洲的戰爭風雲來考察珍．奧斯汀後期三部作品的歷史背景，則可追溯至一七九六年的法國，當時爲了對抗英國和歐洲各國所組成的反法聯盟，二十七歲的拿破崙充分發揮了傑出的統帥才能，派出三路軍隊攻打奧地利，並率領四萬三千名遠征軍翻越阿爾卑斯山天險進入義大利，半個月內六戰六捷，占領首府米蘭，直逼維也納，締下了空前的偉業。奧地利被擊敗後，只剩下英國繼續與法國作戰。爲了打擊英國，拿破崙提出遠征埃及的計畫，其目的是爲了切斷英國通向東方的道路，然後進一步奪取英王王冠上的明珠——印度。只不過這場戰役最後在兩難的困境裡，陷入膠著，終令拿破崙無功而返。一七九九年十月，拿破崙回到巴黎後，開始致力於推翻督政府的活動，並在一七九九年十一月九日，發動軍事政變，驅散議會兩院，推翻督政府，糾集議會代表通過決議，把國家的政權交給以拿破崙爲首的三人臨時執政，而實際上拿破崙是一人獨占了政權。這次的政變確立了往後十六年拿破崙的軍事獨裁統治，他曾得意地說：我的家譜是從這時開始的。這個獨裁政權起先稱爲執政府，後來改稱爲法蘭西斯第一帝國。即拿破崙帝國。在激戰期間，歐洲藝文創作以「愛」與「激情」來滿足人們的心靈，人的感受和情感逐漸取代了宗教的位置。

拿破崙執政後，面臨的首要任務是解除反法聯盟軍隊壓境的威脅。他通過外交途徑，促使俄國退出反法聯盟，同時決定再次遠征義大利，打擊奧地利。一八〇〇年五月，拿破崙率領法軍第二次遠征義大利，這一次只花了七天時間，就翻越了阿爾卑斯山，進入義大利境內，實踐了他那句名言：任何小徑只要山羊能走過，就可以用來迂迴敵軍。尤其是來到有地獄谷之稱的危險地帶時，軍隊已無法動彈，可是只要拿破崙站出來鼓舞士氣，精疲力盡的士兵便又恢復了精神，站起來繼續前進。每當面臨眼看無法攀越的險峻之地，他就在隊伍前頭喝馬前進。

由於拿破崙的陣頭指揮，激發士兵不屈的鬥志，使戰勢逆轉，因而獲得完全的勝利。此次征服義大利，前後經歷三十日，故又稱「三十日戰役」。奧地利失敗後，英國陷於孤立，一八〇二年三月，英、法兩國簽訂了亞眠和約，然而這只是暫時的停戰協定，英法之間為爭奪歐洲和殖民地霸權的矛盾依然存在。一八〇五年四月，英國利用新任沙皇亞歷山大一世反法的立場，聯合俄國組成第三反法聯盟，參加者還有奧地利、瑞典、那不勒斯等國，揮軍向法國推進。一八〇五十二月二日，拿破崙加冕一周年，法國同俄奧聯軍會戰，此戰役採取防禦戰略，只經一日法軍以死傷八千八百人為代價，重創聯軍一萬二千二百人，俘虜一萬五千人，繳獲一百三十三門大砲，摧毀了第三次反法聯盟。

拿破崙在歐洲勢力不斷擴大，激起了英國、俄國、普魯士等國結成第四次的反法聯盟。這次是由普魯士首先發難，拿破崙想趁黎明時以猛烈的砲擊一舉獲勝，但是此處山地險峻又沒有道路，而且在下著雨的黑夜拖拉沉重的大砲攀登陌生的山地，實在是難上加難。拿破崙的名言出現在此時：「對我來說，沒有不可能的字。」他親陣前指揮，投入三萬人力開路，以繩子綑縛大砲，拉上標高三百六十一公尺的高地，普軍快速潰敗，僅僅六天法軍便長驅直入攻占了柏林。德國詩人海涅寫道：「拿破崙呵一口氣，就吹掉了普魯士。」。

第四次反法聯盟雖告瓦解，但是拿破崙仍不能以軍事力量和政治力量勝過英國，於是在一八〇六年十二月發出柏林勒令，封鎖歐洲大陸的經濟。當時英國主要是以殖民地所發展出來的產業生產工業製品，再向歐洲大陸輸出，以獲得貿易利益。因此拿破崙勒令歐洲大陸諸國禁止與英國貿易，並沒收英國製品和英國殖民地產物。停靠英國港灣的船隻，禁止駛入歐洲大陸諸國的港口。接著又在一八〇七年發布米蘭勒令，逮捕並沒收出入英國商港的船隻。此舉是爲了在經濟上打擊英國，亦將英國逐出歐洲大陸的市場，並使市場由法國獨占。然而拿破忽略了歐洲各國的國民經濟在很大程度上依賴與英國的貿易，尤其是西班牙、葡萄牙，乃至俄國都是農業國，只有法國、瑞士、西德意志才具有工業生產力，其他如普魯士、俄國、葡萄牙與北歐等，都必須向英國輸出農產物以維持國民經濟，而此時法國也沒有足夠的工業能力可以取代英國，因此大陸封鎖令只會導致歐洲諸國的經濟蕭條，因此，大陸封鎖政策是英國資本主義與拿破崙軍事力量的對決，結果是歷經產業革命洗禮的英國資本主義獲得了最後勝利。

一八〇九年英國又與奧地利組成第五次反法聯盟，奧地利企圖趁拿破崙親率大軍西進之際，突然攻擊法國。七月，雙方決戰在維也納附近的瓦格蘭，由於拿破崙的欺敵策略，發揮了很大的效力，終使奧軍大敗。隔年，拿破崙娶奧地利公主路易絲爲皇后，並與約瑟芬離婚。先後五次打敗了反法聯盟，拿破崙在軍事上取得了極大的勝利，然而同樣懷有稱霸歐洲野心的沙皇亞歷山大一世，也在極力擴張自己的勢力，暗中恢復同英國的貿易。拿破崙不能忍受俄國勢力在土耳其的擴張，以及對大陸封鎖政策的破壞，於是決定進攻莫斯科，此時法國人民早已厭戰，亟盼和平，他們說：「拿破崙不是爲法國的光榮而戰，而是爲自己的光榮而戰。」但拿破崙卻力排眾議，於一八一二年六月，率軍渡過涅曼河，九月七日在距離莫斯科一百二十公里的博羅迪諾村激戰，俄軍退卻，實行堅壁清野，保存實力。俄國寫實作家托爾斯泰（Tolstoy Teasteo, 1828-1910）在他的代表作《戰爭與和平》裡，描寫了這最劇烈的一場戰爭：「法軍對著目標——莫斯科潮湧而至，衝力愈來愈大，愈接近目的地，衝勁愈強，就像落體接近地面時的速度一樣。在這支大軍的後面，是上千里荒廢破壞、滿懷敵意的鄉野……俄軍向後退得愈多，反抗敵人的痛恨情緒燃燒得更爲熾烈，可是俄軍就像一個圓球，撞到了另一個衝力較大的球，就不可避免地立刻被反彈回去，那個侵略進來的球帶著衝勁，也不可避免地要向前滾上一段距離。俄軍一退就是一百三十公里，退到了莫斯科，法軍抵達莫斯科，就在那裡停頓了，整整五個星期，沒有過半次戰鬥。法軍並沒有大舉興兵，就像一隻受了傷的野獸，身上流著血，舐著傷口，懨懨不動地過了五週，然後突然逃走了……。」事實上，九月十四日，法軍進入的莫斯科已是一座火城。拿破崙在莫斯科虛耗了五個星期，政治及軍事上都毫無作爲，寒冬迫近，法軍陷入飢寒交迫，終於不得不下令撤退。在撤退途中，又遭到俄國游擊隊和俄軍的追擊，十二月渡過涅曼河時已潰不成軍。拿破崙在俄國的潰敗，使歐洲力量對比發生急遽變化。一八一三年，英國、俄國、普魯士、奧地利等國組成第六次反法聯盟。十月十六日萊比錫的決戰，聯軍大敗拿破崙，易北河、奧得河、奧塞河的十萬屯兵，一時爲聯軍所困。這時瑞典攻略丹麥及西北德意志，英國、普魯士占領了荷蘭。拿破崙的部將拿波里王繆拉也背叛了他，英國威靈頓公爵進攻西班牙，連破法軍，並越過庇里牛斯山侵入法國境內。

法國國內保皇黨及共和黨的反政府運動也已經到了白熱化的階段。聯軍於一八一四年三月三十一日，占領巴黎，法國的政治內訌迫使皇帝拿破崙的權力爲之瓦解，四月六日，拿破崙被迫簽署退位詔書，並放逐到地中海的厄爾巴島，反法聯盟扶植法王路易十八建立了波旁王朝。王朝復辟後，大批的逃亡貴族和僧侶返回法國，極力重建封建專制統治，要求歸還革命期間沒收的土地和財產，引起中產階級的恐懼與憤怒。拿破崙利用局勢，逃出厄爾巴島，在法國南部的儒昂港登陸後，向西北前進，沿途受到熱烈歡迎，波旁王朝派兵阻擊，但士兵不肯開火，而且高呼「皇帝萬歲」。三月二十日，拿破崙進入巴黎，受到市民的夾道歡迎，路易十八倉皇逃出，拿破崙又登上帝位，震動了歐洲各國，於是所有歐洲國家組成了第七次反法聯盟。拿破南決定在聯軍未集合之前，各個擊破，但是由於他的部下貽誤，而種下敗因。一八一五年六月十八日，拿破崙與威靈頓率領的英軍在滑鐵盧展開激戰，雙方攻伐異常激烈，英軍原本難以支撐，後得普軍支援，形勢大變，拿破崙把最後的戰鬥力投入戰場，但爲時已晚，儘管雙方均損失慘重，然而對拿破崙來說，滑鐵盧之敗已是最致命的一擊。一八一五年六月二十二日拿破崙宣布第二次退位，被流放到大西洋南部的聖赫勒拿島。六年後死於胃癌。

＊　＊　＊　＊　＊　＊

走過拿破崙戰爭時代的人，先是以古典主義精神替代了皇室意志。在戰爭期間，歐洲大有不再歸於平靜之勢，王朝被摧毀了，宗教也保不住文明，只有

「愛」成了生命與存在唯一持久的終極關懷。如同王政復辟時期的傳奇小說作家海伍德夫人所云：「愛是推動整個世界的動力。」在這樣動盪的大時代裡，遠在英國鄉村的中年女性作家該用什麼樣的故事和筆觸來表達內心深刻而成熟的愛？珍・奧斯汀以《勸導》寫出了八年前安和年輕的軍官溫特渥斯（Captain Wentworth）傾心相愛的故事，他們雖曾定下婚約，可是女主角卻在拉塞爾夫人的「勸導」下，忍痛放棄了這段婚姻。這位夫人是個有理智而且值得器重的女人，因爲對艾略特夫人懷有深厚的感情，便搬到凱林奇莊園來住，守在她身旁。如今艾略特夫人去世十三年了，拉塞爾夫人與艾略特爵士依然是近鄰和摯友，一個還當鰥夫，一個仍做寡婦。這位拉塞爾夫人已經到了老成持重的年紀，加上生活條件又極其優渥，不會再興起改嫁的念頭。而沃爾特爵士的大女兒依麗莎白長到十六歲，她母親的權利和作爲她都繼承下來了。人長得很漂亮，很像父親，父女倆相處得極其融洽。另外兩個女兒可就沒有那麼高貴了。小女兒瑪麗當上了查爾斯・默斯格羅夫人，多少還取得了一點徒有虛表的身價；至於二女兒安，則憑著優雅的心靈，溫柔的性格，在同樣溫文儒雅、見識不凡的人面前，她也受到重視，可是平常在父親、姊姊的眼裡，她只是個微不足道的小妮子，她的意見從來無足輕重，她個人的安適也總是被撇在一邊——她不過就是安而已。

然而對於拉塞爾夫人而言，安貞是個可親、寶貝的乾女兒。只有在安的身上，才能見到她們母親的影子。安．艾略特幾年前還是位十分漂亮的小姐，如今卻已失去了青春豔麗。不過，即使在她妙齡時期，她父親也不一定覺得她有何討人喜愛之處。她的五官纖巧，一雙黑眼珠流露出溫柔的神情，這一點根本不像他。如今她已過了花樣年華，身材過於瘦弱，光從外表就不能贏得父親的器重，其實他從來不敢期望將來會在那本貴族家史裡讀到安的名字，如果要結成一起門當戶對的姻緣，則希望全寄託在依麗莎白身上了。

寄望漂亮的女兒能夠光大曾經輝煌的家族，南西．密特佛在《戀戀冬季》裡，也許說得更露骨：

波莉・漢普頓很漂亮，美麗就是她的特徵。有些人除了外表之外，沒有任何特點足以讓人留下深刻的印象，她就是其中之一。而她的容貌永遠如此標緻，無關衣著、歲月、外在環境、甚至健康。生病或疲倦時，波莉看起來只是脆弱，從來不會臉色發黃、憔悴或是消瘦。她天生貌美，無論我何時見到她，她的美貌從未消滅半分，甚至始終不斷增長。這個故事之所以存在，歸諸於波莉的美貌及其家族的位高權重。

波莉的輪廓和臉型永遠這麼完美，雖然骨架在死後會腐朽，然而美貌不只是骨架，美貌是活色生香；其實外表只是一副皮囊，白皙皮膚上的藍色眼影，一撮金髮像羽毛般落在光滑的額頭上，美貌在舉手投足、一顰一笑間自然流露，尤其展現在美女的眼神中。波莉的眼神就像一道藍光，是我看過最藍、最急促的；説來奇怪，那種眼神與視物功能搭不上關係，以致於別人幾乎無法相信，除了臨幸視線範圍之內的物體，那對神祕的藍寶石也會觀察、吸收消化知識，或是有其他任何作用。

難怪波莉的父母疼愛她。這個孩子將來一定會爲母親增光，並達成她的遠大抱負，或許就是嫁給王公貴族，所以連蒙特鐸夫人也對女兒呵護有加。倘若生的是醜女兒，或是古怪任性的男孩，蒙特鐸夫人肯定是個可怕的母親。波莉注定要有不尋常的夫家——蒙特鐸夫人爲她取名莉歐波狄娜時，腦中浮現的不就是壯麗的畫面嗎？這個名字難道不是帶點保加利亞的王室氣質，以便日後派上用場？蒙特鐸夫人勾勒的畫面中是不是有西敏寺、祭壇、大主教，還有個聲音說著：「我，亞伯特・愛德華・克里斯・喬治・安德魯・派屈克・大衛，娶你，莉歐波狄娜，爲妻」？這個夢想並非遙不可及。但是另一方面，波莉這個名字又非常有英國味、健康，而且自然不做作。

有時女子到了二十九歲倒比十年前出落更漂亮。一般說來，人若是無災無難，到了這個年齡還不至於失去魅力。《勸導》中沃爾特爵士的大女兒依麗莎白，從十三年前開始成爲漂亮的艾略特小姐起，到現在依然美麗動人。所以，人們或可原諒沃爾特爵士忘記了自己女兒的年齡，頂多覺得他有點傻，好像別人都會失去美貌，只有自己和依麗莎白能青春常駐。其實，依麗莎白也並不是完全像她父親認爲的那樣遂心如意。她當了十三年凱林奇莊園的主婦，掌管家事，多年培養出的沉著與果斷，使她看起來比實際年齡成熟。十一、二年來，她當家作主，制定家規，帶領大家乘駟馬馬車，跟著拉塞爾夫人走出鄉下的客廳、餐室，加入這個小地方所能舉辦的令人讚賞的舞會，而且總是率先跳頭一場舞。

十三個百花盛開的春天，她每年都要陪父親去倫敦度假，享受大世界的樂趣。她清清楚楚記得這一切，同時意識到自己已經二十九歲，心裡泛起惘惘的威脅，那步步逼近的危險年頭，無論如何縈繞不去。倘若能在一、兩年內攀上一位體面的男爵，她將大喜若狂。到那時，她會像個青春少年，再次捧起那本貴族家史興致勃勃地翻閱。不過眼下她並不喜歡這本書，書中總是寫著她的生日，除了一個小妹妹之外，見不到別人成婚。不止一次，她父親把書放在她面前的桌子忘了闔上，她躲開眼睛把書一闔，然後推到一邊。

另外，她還有一段令她傷心的過往，也是關於那本書。特別是她的家史部分隨時提醒她那位假定繼承人威廉．沃爾特．艾略特先生的存在。依麗莎白還是小女孩的時候，一聽說她若是沒有弟弟，威廉就是未來的男爵。於是她打定主意要嫁給他，她父親也抱持這個打算。在艾略特夫人死後不久，沃爾特爵士主動去認識威廉，雖然沒有得到熱烈的回應，但是他總以為那是年輕人畏畏縮縮的弱點。接著，就在依麗莎白剛剛進入青春妙齡的時候，他們趁著到倫敦春遊的機會，硬是去拜訪了威廉。

那時，他還是個年紀輕輕的小後生，正在埋頭攻讀法律。依麗莎白覺得他很和悅，便進一步確定了親近他的計畫。他們邀請他到凱林奇莊園作客。當年的下半年，他們就在談論他，期待他，而他始終沒有來的日子裡任著時光荏苒。

第二年春天，他們又在城裡見到了他，他還是那樣和藹可親，於是便再度鼓勵他，邀請他，期待他，結果他還是沒有來。按著便傳來了他結婚的消息。顯然威廉為了贏回人生的自主權，而娶了一位出身低微的有錢女子。

沃爾特爵士對此大爲不滿。他作爲一家之長，總覺得這件事理應同他商量才是，特別是在他領著那位年輕人公開露面之後，「人家一定見到我們在一起了，」爵士說道，「一次在倫敦著名的馬匹拍賣行，兩次在下議院會客廳。」他雖然不贊成威廉的婚事，但是表面上又裝作並不介意的樣子。威廉也沒有道歉，顯然是不想再受到爵士一家人的關照。其實沃爾特爵士也認爲他不配受到關照，於是他們之間的交情就此中斷了。

多年後，依麗莎白一想起威廉的這段尷尬情史，依然很生氣。她本來就喜愛威廉，加上他是她父親的繼承人，就更有理由喜歡他了。她憑著一股強烈的家庭使命感，堅定地認爲他們兩人是相匹配的。天下還沒有一個人可以像他那樣，使她如此心甘情願地承認與自己相匹配呢！然而，威廉的表現實在令人失望。如今她不得不承認：他不值得自己再去想他。而威廉的第一次婚姻縱使不光彩，人們也沒有理由認定他會遺臭萬年，若不是他後來做出了更惡劣的事情，他的那段故事早完結了。誰料到，好心的朋友愛搬弄是非，他們告訴爵士父女，威廉曾經出言不遜地議論過他們全家人，並且用極其蔑視、鄙夷的口吻，詆毀他的家族和將來歸他所有的爵位。這眞是無可饒恕！

這就是依麗莎白・艾略特全部的思想與情感。她的生活天地既單調又高雅，既富有又貧乏，她心事重重，迫不及待地想改變生活，變換新鮮花樣。她長久住在鄉下的一個圈圈裡，生活平平淡淡，除了到外面從事公益活動和在家裡施展持家的才能外，剩下的空閒時間不知如何打發。

如今眼下，除了這一份閑愁，又添加了另一樁憂心的事。她父親愈來愈爲錢財所苦惱。她知道，父親現在拿起《貴紳錄》，實在是一種逃避，爲了忘掉商人寄來的的纍纍帳單；忘掉他的代理人謝潑德先生的忠言逆耳。凱林奇莊園是一宗很大的資產，大到與主人應有的身分不相稱。艾略特夫人在世的時候，家裡管理得井井有條，需求有度，收支相等。但是隨著夫人的去世，一切理智也開始毀於一旦，從那時起，沃爾特爵士總是入不敷出。他不可能節省開支，在他看來自己只是做了迫切需要的事情。然而，儘管他是無可責難的，他卻步步陷入可怕的債務之中，如果再向女兒隱瞞，恐怕也是徒然。

去年春天進城時，他向依麗莎白做了一些暗示，甚至把話說到這個地步：「我們可以節省些開支嗎？你是否想到我們有什麼東西可以節省的？」依麗莎白在女性慣有的大驚小怪之餘，卻也認眞思忖過應該怎麼辦，最後提出可以節省開支的兩個方面：一是免掉一些不必要的施捨？二是不再爲客廳添置新家具。除了這兩個應急的辦法之外，後來她又想出了一個點子：打破多年慣例，不再給安帶禮物。

這些措施雖好，卻杯水車薪，不足以補救嚴重程度的不幸。過不了多久，沃爾特爵士不得不向女兒供認事情的眞正嚴重性，這次，依麗莎白再也提不出其他辦法。她同父親一樣，感嘆時運不濟，受盡了苦楚。他們誰也想不出好法子，一方面既能減少開支，另一方面又不會損害他們的尊嚴，還能夠享有舒適條件，不會狼狽到無法容忍的地步。

沃爾特爵士對於田產，只能處理掉很少一部分，他可以在力所能及的範圍內向外抵押土地，但是絕不肯紆尊降貴地出賣土地，他絕不會辱沒自己的名聲。凱林奇莊園是如何傳給他的，他也要完完整整地傳下去。

他的兩位知心朋友——一位是住在附近鎮上的謝潑德先生，一位是拉塞爾夫人。他們被請來替他們出謀畫策。沃爾特爵士父女倆似乎覺得，他們兩人中的一位一定會想出個辦法來，幫助他們擺脫困境，減少開支，而且又不使他們失去體面和自尊。

一天早晨，英國長期與拿破崙對決的局勢，影響了這個家庭，尤其是女主角安的未來命運。謝潑德先生來到凱林奇莊園，他放下手中的報紙說：「沃爾特爵士，請聽我說，眼前的局面對我們十分有利，天下太平了，歐洲聯軍對拿破崙戰爭（一七九三～一八一五）已經宣告結束。有錢的海軍軍官就要回到鄉間，他們都要安家。沃爾特爵士，這個時機再好不過了，你可以隨意挑選房客，而且是非常可靠的房客。戰爭期間，許多人升官發了財。我們要是能找到一位有錢的海軍將領，沃爾特爵士……。」

「我只能這麼說，」沃爾特爵士答道，「那他可就是個鴻運亨通的人囉！凱林奇莊園的確就是他的戰利品啦！就算他過去得了許許多多的戰利品，又如何比得上眼前這座豪宅，你說對吧，謝潑德？」

謝潑德先生聽了這番俏皮話，不由得失聲笑了起來，然後說道：「沃爾特爵士，我敢斷言，論起交易來，海軍的先生是很好說話的。我多少了解一點他們交易的方式。我可以坦率地告訴你，這些人非常寬懷大度，可以成爲你最稱心如意的房客，比你見過的人都不遜色。因此，沃爾特爵士，請允許我提出這樣的建議：如果你打算出租莊園給闊氣的海軍軍官，又不想引起別人的注意和好奇。不管什麼時候，一經召喚，我兩小時之內就能趕到府上，代爲覆函。」

沃爾特爵士只是點了點頭。過不一會兒工夫，他立起身來，一邊在屋裡踱步，一邊譏俏地說道：「我想，海軍的先生們住進這樣一座房子，幾乎沒有什麼人不感到驚喜的。」

「毫無疑問，他們要環顧一下四周，慶幸自己有這般好運氣。」謝潑德的女兒克萊夫人說道。她是跟著父親一起乘馬車來凱林奇莊園做客的。她繼續說：「我很贊同父親的觀點，做水兵的可以成爲稱心如意的房客。我很了解做水手，他們除了寬懷大度以外，做什麼事情都有條不紊，仔仔細細！沃爾特爵士，您的這些寶貝油畫若是不打算帶走，保證萬無一失。屋裡屋外的東西都會被保管得妥妥帖帖的！花園也好，矮樹叢也好，都會像現在這樣收拾得井然有序。艾略特小姐，你不用擔心那漂亮的花園會給荒廢了。」

「說到這個嘛，」沃爾特爵士冷冷地回道：「假使我受你們的慫恿決定出租房子的話，我可萬萬沒有打定主意要附加什麼優惠條件。我並非很想厚待一位房客。當然，獵場還是要供他使用，無論是海軍軍官還是其他職業的人，誰能有這麼大的獵場？不過，我不喜歡有人隨時進出我的矮樹叢。依麗莎白・艾略特應該留心她的花園。對你們說實話吧，我根本不想給予凱林奇莊園的房客任何特殊的優待，不管他是水兵還是大兵。」

過了一會兒，謝潑德先生冒然說道：

「這類事情都有常規慣例的，釐清了房東與房客之間的權利義務，雙方都不再用操心。沃爾特爵士，請放心，我保證你的房客不會超越他應有的權利。」

這時，女主角安第一次說話了：

「我想，海軍為我們出了這麼大的力，他們至少應該像其他人一樣，有權享受任何家庭所能提供的一切舒適條件，一切優惠待遇。我們應該承認水兵們的艱苦奮鬥，而提供他們舒適的條件。」

「千眞萬確。安小姐說的話千眞萬確。」謝潑德先生答道。他女兒也跟著說了聲，「哦！當然如此。」可是歇了片刻，沃爾特爵士卻這樣說道：「海軍這個職業是有用處的，但是一見到我的哪位朋友當上了水兵，我就感到惋惜。」

「它在兩方面使我感到厭煩。首先，它給出身微賤的人帶來過高的榮譽，使他們得到他們的先輩從來不會夢想過的高官厚祿。其次，它毀滅了年輕人的青春與活力，因爲水兵比其他人老得都快。我觀察了近一輩子，一個人進了海軍，比參加其他任何行業都更容易受到凌辱和嫌棄。去年春天，我有一次在城裡遇見兩個人，他們可以爲我的話提供有力的證據。我們都知道，聖艾夫斯勛爵的父親是個鄉下的副牧師，窮得連麵包都吃不起。可我偏偏要讓位給聖艾夫斯勛爵和一位鮑德溫海軍少將。這位海軍少將眞是難看，他的臉是紅褐色的，粗糙到了極點。滿臉都是皺紋，額頭上掛著九根灰毛，上面是粉撲撲的大禿頂。『天哪，那位老兄是誰呀？』我對站在跟前的一位朋友巴茲爾·莫利爵士說道。『老兄！』巴茲爾爵士嚷道：『這是鮑德溫海軍少將。你看他有多大年紀？』『六十，』我說：『也許是六十二，』『四十，』巴茲爾爵士答道：『剛剛四十。』你想像一下我當時有多驚奇！我不會輕易忘掉鮑德溫海軍少將。我從沒見過海上生活能把人糟蹋成這副慘像！我知道他們都是如此：東飄西泊，風吹雨打，直至折磨得不成樣子。他們乾脆一下子給劈死了倒好，何苦要挨到鮑德溫海軍少將的年紀。」

這樣的描述，不難使我們想見即將登場的男主角溫特渥斯的尊容，絕不會屬於青年才俊的典型。珍·奧斯汀藉由對小說主人公的的年華悄逝及海上風霜，來提醒我們，她的故事並非當時流行的通俗才子佳人典型。維吉尼亞·吳爾芙

（Virginia Woolf, 1882-1941）描述維多利亞時期的作品時曾說：「到了十九世紀中葉時，卑恭屈膝的女人在兩位非常固執己見的人物的打量之下花容失色了。這兩個人就是簡・愛（Jane Eyre）和伊澤貝爾・伯納斯（Izeber Bernas）。她們一個堅持說自己窮、長相不美；另一個說她寧肯在灌木叢生的荒野上到處逛逛，也不願安頓下來，找個人嫁了。」事實上，簡・愛與伊澤貝爾這樣的人物早已在珍・奧斯汀的作品裡出現。針對沃爾特爵士的尖刻，克萊夫人大聲說道：「請稍微可憐可憐那些人吧！我們大家並非生下來都很漂亮。」這句話等於再次強調作者不願隨當時流行的傳奇故事裡，花容月貌的女主角起舞的感情觀和寫作態度，於是吳爾芙繼續形容珍・奧斯汀道：「這世界上再找不到比她更不像一位職業女作家的了。她在小紙片上寫寫塗塗，一看見旁邊有人就藏起來。她把自己的小說鎖進抽屜，還拒絕了利奧波（Lepold）王子的圖書掌管人向她提出的寫一部以尊貴的考伯格（Coburg）家族爲題材的傳奇（傳記）小說的建議……。」

倘若珍・奧斯汀藉著克萊夫人的上述言語，道出了自己在人物定型上的觀點，那麼接下來的言論，則可視爲她對於小說中人以及自己理想生活的描述：「雖然每個行業都是必要的，光榮的，但是有幸的只是這樣的人，他們住在鄉間，不用從事任何職業，過著規律的生活，自己安排時間，舉行有意思的活動，靠自己的財產過日子，用不著苦苦鑽營。只有這種人才有最大的福分享受健康和美貌。」珍・奧斯汀樂於安享鄉間優雅情趣的心情，不僅表現在她離開史帝文頓後，即使在撰寫《諾桑覺寺》時期，她也藉由對過度繁華熱鬧的巴斯溫泉區的加以嘲弄，來爲田園生活留下正面印象。

謝潑德如此急切地想要引起沃爾特爵士對海軍軍官的好感，彷彿他有先見之明似的，這是因爲第一個提出申請承租莊園的人，正是一位姓克羅夫特的海軍少將。謝潑德先生不久前出席薩默塞特郡首府湯頓市議會舉行的季會時，偶然結識了他。克羅夫特海軍少將是薩默塞特人，如今發了大財，想回本郡定居。這次來到湯頓，本想順便看看附近的幾處房子，然而房子都不中他意。後來意外地聽說凱林奇宅邸可能要出租，而且又了解謝潑德與屋主的關係，因此主動向他打聽。

在一次長談中，他雖說只是聽了聽介紹，卻表示非常喜歡這幢房子，並表明自己是最可靠的房客。「克羅夫特海軍少將出身於仕紳家庭，是白色中隊的海軍少將，參加過特拉法加戰役，此後一直在東印度群島，駐守了好多年。他是個強健漂亮的男子漢，確實有點飽經風霜，但思想舉止大有紳士風度。他只想要擁有一個舒適的家，並能盡快地搬進去。他知道住這麼一座陳設齊備的宅邸要付出高額代價，假使沃爾特爵士當初開價再高一些，他也不會大驚小怪。他了解過莊園的情況，希望得到在獵場上打獵的權利，不過並沒有極力要求。雖說有時拿出搶來，但是從不殺生，是個有教養的人。」謝潑德滔滔不絕地叨絮著海軍少將的家庭背景，顯示他作房客再理想不過的事實。「他成了婚但沒有孩子，這眞是個求之不得的情況，克羅夫特夫人則是個談吐優雅、氣質出衆、聰明伶俐的女人。」謝潑德繼續說道：「對於房子、出租條件和賦稅，她提的問題比她丈夫還多，另外，她在本地並非完全無親無故，她同曾經住在我們這一帶的一位仕紳是親姊弟。天哪！他叫什麼來著？我雖然最近還聽人說過他的名字，可眼下卻記不起了。親愛的佩娜洛普，你能不能幫我想起以前住在蒙克福德的那位紳士，也就是克羅特夫人的弟弟叫什麼名字？」誰想克萊夫人同艾略特小姐談得正興高采烈，並沒聽到他的問話。

沃爾特爵士說：「謝潑德，我不曉得你指的是誰。自從特倫特老先生去世以後，我不記得有哪位紳士在蒙克福德居住過。」

謝潑德說：「天哪，好奇怪呀！我看不用多久，我連自己的名字都要忘掉了。那麼熟悉的一個名字，那位先生那麼面熟，見過他至少有一百次。記得他有一次來找我，說有一位鄰居非法侵犯了他的財產。是一位農場的傭人闖進他的果園，扒倒圍牆，偷盜蘋果，被當場抓住。後來，出乎我的意料，他居然與對方達成了和解。眞夠奇怪的！」

又等了片刻，安說道：

「我想你是指溫特渥斯先生吧？」謝潑德一聽大爲感激。「正是溫特渥斯這個名字！那人就是溫特渥斯先生。你知道，沃爾特爵士，溫特渥斯先生以前曾經做過蒙克福德的副牧師，做了二、三年，我想他是一八〇五年來到那裡的。你肯定記得他。」

「溫特渥斯？啊，對了！溫特渥斯先生，蒙克福德的副牧師。你剛剛用紳士這個字眼可把我弄糊塗了。我還以爲你在談論哪一位呢！我記得溫特渥斯是個無名之輩，與斯特拉福德家族毫無關係。不知道爲什麼，我們許多貴族的名字變得如此平凡。」

* * * * *

溫特渥斯的名字千呼萬喚始出來，而且是由女主角安的口中道出，作者設計人物出場的巧思在這本書裡達到了極致！這位八年前被解除婚約的無名小卒，如今即將隨姊姊入主自己的房宅，作這個莊園的主人，此時安的心境該有多麼複雜！當年拉塞爾夫人以門戶之見鄙視溫特渥斯的出身，因此極力反對她最疼愛的安下嫁給沒有財產的軍官。而年輕的安也在面對婚姻大事分外謹慎的考量下，接受了拉塞爾夫人的勸說。

像是應驗了「風水輪流轉」這句話，八年後戰爭結束了，溫特渥斯以海軍上校退役返鄉，並因緣際會地成了艾略特一家人的房客。而原來的貴族之家卻早已入不敷出，因積下大筆債務而無力再坐擁豪華的莊園。本來，安一直在聚精會神地聽他們議論，後來不覺滿臉通紅，一見有了結果，便連忙走出屋子，到外面透透氣。她一邊沿著心愛的矮樹叢走去，一邊輕輕嘆了口氣：「也許再過幾個月，他就會在這裡散步了。」

又過了幾天，人們都知道溫特渥斯海軍上校來到了凱林奇莊園。安的妹夫默斯格羅夫先生尤其對他讚不絕口，希望下週末請他們來吃飯。對於默斯格羅夫來說，實在有點迫不及待，他想盡早請溫特渥斯上校享用他酒窖裡最濃烈、最上等的好酒，但是還得等待漫長的一個星期，可在安看來，卻是短短的一個星期，一個星期過後，他們就要見面了！現在她唯一的想法是：哪怕只能有一個星期也好。

就在溫特渥斯上校回訪默斯格羅夫先生的半個鐘頭裡，安也險些同時邁進默斯格羅夫家。珍・奧斯汀一再地延遲男女主角的現身、發聲與見面，讓讀者的懸念與期待一再延滯，這樣的作法幾乎是同時以各式各樣的表現手法重複著本書的主題——幸福的延遲感。實際上，當時她和瑪麗正動身朝大宅走去，如她後來所知，她們不可避免地要見到他了！不料恰在這時，瑪麗的長子由於嚴重摔傷被抱回了家，正好拖住了她們。見到孩子處於這般情景，兩人便完全打消了去大宅的念頭。事後，安聽說自己逃過了這次的會面，又不能不感到慶幸，即使後來爲孩子擔驚受怕的時候，也是如此。

姊妹倆發現，孩子的鎖骨脫位了。孩子受了這麼重的傷，怎麼能不引起一些萬分驚恐的念頭！那是個令人憂傷的下午，安當即忙碌起來：派這個去喊醫生，吩咐那個趕上去通知孩子的父親，勸慰瑪麗不要過於驚慌，管束傭人照顧次子，同時也安慰這個大孩子。除了這些之外，她又想起大宅的人還不知道，便連忙派人去通知，不想引來一夥的人，幫不了忙不說，還大驚小怪地問個不停。

所幸她妹夫回來了。接著醫生也來了，檢查孩子的傷勢之前，大家因爲不明瞭孩子的情況，一個個都嚇得要命。他們猜想傷勢很重，可又不曉得傷在哪裡。現在好了，鎖骨這麼快就復位了，儘管羅賓遜先生摸了又摸，揉了又揉，看上去非常嚴肅，同孩子的父親和姨媽說起話來聲音很低，大家還是充滿了希望，可以放心地分別去吃晚飯。珍・奧斯汀在男主角即將現身之際，突然盪開一筆，寫小男孩的意外受傷，阻擋了男女主角的相會，因而加深了讀者的懸念。就在大家分頭離去之前，兩個默斯格羅夫家的小姐，報告了溫特渥斯上校來訪的消息。她們竭力說明她們多喜愛他，甚至覺得自己的男朋友中沒有一個此得上他的。她們聽見他將留下來吃飯，大爲興奮。總而言之，他的整體神態，他的一言一語是如此的溫文爾雅，令默斯格羅夫家的小姐們鍾情不已。但是顯然溫特渥斯海軍上校並沒把小姐們放在心上。珍・奧斯汀藉由兩位小姐的描述，讓讀者只能夠憑想像來了解溫特渥斯的涵養舉止，小姐們甚至說出溫特渥斯勝於自己所有的男性朋友。

故事發展至此，讀者和沃爾斯家的人無不引頸企盼男主角的登場亮相，只有安一個人默默地逃避著。事後，默斯格羅夫想再度宴請溫特渥斯一家人，安又主動留在家裡照顧受傷的外甥，因而再一次避免了與溫特渥斯的碰面。孩子一夜安然，第二天情況仍然良好。雖然脊柱沒受損傷，還是必須經過一段時間的觀察。孩子的父親也鬆了一口氣，查爾斯．默斯格羅夫覺得自己沒有必要再守在家裡。孩子要躺在床上，需要有人陪著他，還要盡量保持安靜，這完全是女人的事，他在家裡發揮不了任何作用。他岳父很希望他見見溫特渥斯海軍上校，既然沒有理由反對，就應該去一趟。當天他打獵回來之後馬上決定，準備換裝，去大宅赴宴。另一方面，瑪麗卻為了必須留下來陪伴孩子而心有不甘：「瞧，我們又給撇下來，輪流看守這可憐的小病人了。整個晚上不會有一個人來接近我們！我早就知道會有這個結果。我命該如此，一遇到不愉快的事情，男人們總是溜之大吉，查爾斯就像別的男人一樣壞。眞是冷酷無情！我認為，他拋下可憐的小孩自己跑了，還說什麼孩子的情況良好，他怎麼曉得半個鐘頭以後會不會出現突然變化？我原來以爲他不至於會這麼冷酷。現在可好，他去享樂，而我可憐巴巴的就因爲我是做母親的，便只好關在家裡。其實，我比任何人都不適合照料孩子，就因爲我是孩子的母親，我的感情才經常受不住打擊。你昨天也見到我歇斯底里的情形了。」

「那只是你突然受到驚嚇。唔，你要是覺得時間不太晚，你索性和丈夫一起去。把小查爾斯交給我照料。有我守著，默斯格羅夫不會見怪的。」

「你這話當眞嗎？」瑪麗眼睛一亮，大聲嚷了起來。「眞是好極了！的確，我還是去的好，因爲我在家裡不起作用，對吧？」轉瞬間，瑪麗便跑去敲丈夫更衣室的門。安也隨她進去親自解釋。她的態度那樣誠懇，很快就把查爾斯說服了。他不再對她一個人留在家裡吃晚飯感到良心不安了，不過他仍然希望安晚上能同他們一起去，到那時孩子也許睡著了。他懇請安讓他來接她，不想她是無論如何也說不通。情況既然如此，夫妻倆不久便興高采烈地一起動身了，安見了也很高興。她希望他們去了能感到快樂，不管這種快樂說來有多麼令人莫名其妙。至於她自己，她被留在家裡也許比任何時候都感到欣慰。她知道孩子最需要她。

在這種情況下，即使溫特渥斯就在半英里地之外，極力地取悅他人，那與她又有什麼關係呢？

不過，她倒很想知道他想不想見她。他也許無所謂。不是無所謂，就是不願意。假使他希望重新見到她，他大可不必拖到今天，早就採取行動，去做她認爲自己若是處在他的地位早就該做的事情，因爲他原先唯一缺乏的是維持獨立生活的收入，如今時過境遷，他早就獲得了足夠的收入。

她姊夫、姊姊回來以後，對他們新結識的朋友和整個訪問都很滿意。晚會上悠揚的樂曲，瞭亮的歌聲，伴隨著大夥的說笑，一切都令人極其愉快。溫特渥斯上校風度迷人，不卑不亢，使人與之一見如故。他準備第二天早晨來與默斯格羅夫一道打獵。這意味著他要來與默斯格羅夫共進早餐。

安明白這其中的奧妙：他也不想見她。她發現，他曾經以過去泛泛之交的身分，打聽過她的情況，似乎也承認過往的一些事實。他之所以要這樣做，或許也是出於同樣的動機，等到將來相遇時好迴避介紹。

第二天早晨，瑪麗和安剛剛開始吃早餐，默斯格羅夫便跑進來說，他們就要出發了，他的兩個妹妹要跟著溫特渥斯一起來看看瑪麗和孩子，溫特渥斯上校提出，若是沒有不方便的話，他也進來坐幾分鐘，拜會一下女主人。瑪麗受到這樣體貼的待遇，不由得高高興興地準備迎接客人。不想安這時卻思緒萬千，她安慰自己，事情很快就會結束。事情果眞很快結束了。兩分鐘後，溫特渥斯出現了，來到了客廳，安的目光和溫特渥斯的目光勉強相遇，兩人一個鞠了躬，一個行了屈膝禮。安聽到了他的聲音同瑪麗交談，說的話句句分寸有禮。他還向兩位默斯格羅夫小姐說了幾句，足以顯示出他們之間無拘無束的關係。屋裡賓主齊聚，一片歡聲笑語。幾分鐘後，這場早晨之宴就結束了。默斯格羅夫在窗外打招呼，一切準備就緒，客人鞠了躬就告辭而去。兩位默斯格羅夫小姐也告辭了，因爲她們突然打定主意，要跟著兩位遊獵家走到村頭。客廳一下子變清靜了，安終於可以回去繼續吃早餐。

「事情過去了！事情過去了！」她帶著緊張而感激的心情，一再對自己重複說道：「最糟糕的事情過去了！不要那麼多愁善感。自從斷絕關係以來，八年，幾乎八年過去了。時間隔了這麼久，激動不安的心情已經變成了陳跡，現在居然要重新激動起來，那是何等的荒謬！八年中什麼情況不會出現？各種各樣的變化都會發生，忘卻過去是再自然不過的事了！可是這八年幾乎構成了她生命的三分之一啊！」

唉！她儘管這樣開導自己，卻還是發現：對於執著的感情來說，八年可能無足輕重。而自己又該如何理解他的思想感情呢？他似乎是想躲避她？轉念間她又痛恨自己幹麼去想這樣的傻問題。

但是還有一個疑問，是任憑她再怎麼理智，也無法避而不想的。所幸兩位默斯格羅夫小姐回來後，瑪麗主動提出了這個問題：

「安，溫特渥斯上校對我們雖然禮數周全，對你卻不怎麼殷勤。亨麗埃塔和他們走出去以後問他對你有什麼看法，他說你變得都讓他認不出來了。」

瑪麗對事物的感受一向不夠敏銳，也不像外人那樣敬重自己的姊姊，所以她絲毫沒想到，這樣問會給安帶來傷害。「變得他都認不出來了。」安羞愧不語，心裡完全認可了。情況無疑是這樣的，而且她也無法報復，因爲他沒有變，或者說沒有變得更差。她不得不承認這一點，不能再想了，讓他對她愛怎麼想就怎麼想吧！奇怪的是，歲月雖然毀掉了她的青春與美貌，卻使他變得更加容光煥發，氣度不凡，落落大方，無論從哪個方面看，他身上的優點都是有增無減。她看到了依然如故的弗雷德里克．溫特渥斯。

「變得都讓他認不出來了！」這句話不可能不嵌在她的腦海裡。然而，她馬上又爲自己聽到這句話而感到高興。這句話具有令人清醒的作用，可以消除激動不安的心情。它使安鎮靜下來。弗雷德里克．溫特渥斯說了這話，或者諸如此類的話，可他沒想到，這話會傳到安的耳裡。他覺得她變得太厲害了，所以當別人一問到他，他便把自己的感覺如實地說了出來。他並沒有寬慰安．艾略特。她曾經拋棄了他，使他大失所望。更糟糕的是，她做了這樣的決定之後，使她感到自己的儒弱，這同平常果決、自信的性情是很不相稱的。她是聽了別人的話才拋棄他的。那是別人極力勸導的結果，也是自己懦弱膽怯的表現。

他們曾一度情意綿綿，那時他眼裡再也見不到其他女子。現在，他除了某種好奇心之外，並不想再見到她。她對他的那股魅力已經永遠消失了。

男女主角在這樣的機緣裡倉卒相逢，溫特渥斯仍感餘忿，卻又不能忘懷舊情，這部小說的精采之處，往往在於種種事端在人們內心所引發的曲折波瀾，作者運用內心獨自的方式娓娓道出他們心中的愛與苦。此外，這部小說的敘事結構對於珍·奧斯汀來說，不啻爲一種突破。根據以往她的故事來看，小說通常以男女會面開啟情節，並以平鋪直敘的方式將中間的波折作環環相扣的連結，使人不忍釋卷，最後才出現團圓的結局。

然而，《勸導》的寫法明顯不同於以往。男女主角的結識、訂婚，乃至於解除婚約，都在八年前，當時安才十九歲，如今卻已是二十七歲的成熟女子，是珍·奧斯汀小說中年齡最大的女主角。在姊妹三人中，她的才智最高，但是在性格上，卻是受壓抑最深的一位。

這八年來，安雖然與溫特渥斯分離，然而內心卻絲毫未曾動搖。她不願嫁給有錢的默斯格羅夫（Charles Russell），也曾經拒絕了地位很高的愛立特（M. Elliot）。

事實上，安與溫特渥斯的結合，在珍·奧斯汀愛情觀的進程中也代表著特殊的意義。因爲溫特渥斯對於安的愛，並不是像《傲慢與偏見》裡的賓萊先生那樣是位擁有財富的單身漢一心想物色好太太。在《勸導》這部小說裡，珍·奧斯汀所塑造的男主角不但沒有錢，而且他的斯文風度也不及達西、賓萊，以及南特利。他的愛，源於安的內在美，而安對於溫特渥斯的愛，則是奠基在他誠摯忠實與始終不渝的精神上。至於外在的產業和財富，則都被摒除在愛情之外。如此純粹的眞愛，可能是珍·奧斯汀中年以後對於生命價值的深刻感悟。

對於純愛的追求，也許耗費了珍·奧斯汀二十歲到四十歲的光陰，才逐漸明朗定調。然而純愛的光芒卻持續對維多利亞時代的女作家傳送著熱力，而且愈趨成熟與熱情。較珍·奧斯汀約晚四十年的愛蜜莉·白朗特（Emily Bronte, 1818-

1848）在《咆哮山莊》（*Wuthering Heights*）裡，描述了凱瑟琳（Catherine）與希茲克里夫（Heathcliff）之間糾纏兩代人的奇特愛情故事，陳英輝在《維多利亞文學風貌》一書中指出：

凱、希二人的情誼十分奇特，雖看似男女之間的情愛，卻又與一般男女的關係大不相同；兩人強調彼此所追求的是完整合一（oneness, wholeness）的結合。在小說第一卷第九章，凱瑟琳對奶媽艾倫·丁（Ellen Dean）傾訴她與希茲克里夫間的關係：

……我愛他，不是因爲他英俊瀟灑，而是他比我更像我自己。無論靈魂是由什麼組成的，他和我的靈魂完全相同。

…I love him; and that, not because he's handsome, Nelly, but because he's more myself than I am. Whatever our souls are made of, his and mine are the same.（陳英輝，二〇〇五）

將情人與自我視為一體的社會背景，容或來自歐洲工業革命以後，作家對於工業文明將人分割得支離破碎的反省，進而追求完整人性的呈現。然而除了外在社會產經模式對作家創作的影響外，以愛情內部觀念的進程來體驗女作家們的寫作，則另有一番迷人的風情。原來在珍．奧斯汀的時代裡，儘管浪漫主義的信仰已經逐漸開放，但是仕紳階層的婦女在觀念上毋寧仍較傾向於古典貴族的文化教養。因此，在當時的歐洲，婚姻仍未必是愛情的結果，而且歐洲女性的婚姻在很大程度上仍無法產生獨立與自覺。她們與家庭的融合比美洲新大陸的女性更緊密，因此注定了為別人而活的生存景況，安的姊姊依麗莎白就是最典型的例子之一。作家富爾達（L. Fulda）曾用恆星與月亮來比喻美國與歐洲兩地的女性處境：「尤其是在為自己存在，是帶著自己的光源的恆星，而非必須從太陽先生那裡借光的月亮。婚姻因此在她們（美國女性）的生活當中，並未具備像對歐洲婦女那般的基本意義，沒有結婚對美國女性而言，也不像對歐洲女性那樣可怕。雖然她們很少逃避婚姻，然而也不是從一開始就有系統地主導她如何被打扮，或自

己如何穿著。」（柯燕珠譯，二〇〇五）

十九世紀英國女性於婚姻問題上所面臨的困窘，在於多數年輕男子因爲英國「日不落國」的向外殖民威勢，以及反法聯盟所需要的大量資源，而紛紛被派駐到外地去擔任軍、政、商等要職，以致於本土出現女多男少的人口不平衡結構。女性爲了在婚姻問題上促使自己占有優勢以謀良配，對自己的內外修飾往往十分用心。珍・奧斯汀作品經常出現帽子與蕾絲的裝飾，衣裙的講究，以及鋼琴、豎琴、鍵琴、繪畫、歌唱、舞蹈，乃至閱讀等多方面才藝的自我要求，雖然不無在藝術史上反映了弦樂器的改良，以及小步舞曲的興盛等實際情況，然而更重要的是，從這些活動中同時也使我們體會到當日英國仕女們對於婚姻的企盼與依賴。

歐洲人對婚配的不自主，其實是等量地存在於男女兩性的處境中的。當時人們無疑從物質的眼光來看待婚姻，尤其是男性，往往需要妝奩豐厚的女性來資助自己，《傲慢與偏見》裡的威克漢、《理性與感性》中的魏樂比、《愛瑪》的艾爾頓先生，甚至《曼斯菲爾德莊園》裡的艾德蒙，均使人不得不感嘆：何處尋找純粹基於愛情所產生的婚姻關係?這其實也就是《勸導》這部小說裡所顯現出的特殊意義，以及我們從中感受到它對下一個世代作品中婚戀觀舉重若輕的影響力。就在她賦予婚姻一種初步排除了物質因素的精神性提升中，整個民族的人文意識已經默默地向前跨越了一大步。

* * * * *

安與溫特渥斯的正式重逢，是在闊別了八年之後的一個宴會場合。那時他們表面上看起來都很冷淡，除了基本的禮貌與寒喧之外，沒有熱烈地談天，也不曾敷衍地應酬。對照往日相近的情趣與相親的感情，如今連路人都不如的隔閡，究竟算什麼?安躲到鋼琴後，任晶瑩的淚水湧出。珍·奧斯汀寫過許許多多舞會與宴會，幾乎是一次比一次洋溢更豐沛的青春歡樂與喜劇幽默。然而如今這場宴會，女主人公的青春歲月已成雲煙，藉由雙手演奏出的華麗樂音勾起了深沉悲傷的往事，珍．奧斯汀以樂事襯托了濃重的哀愁，讓歡鬧蒙上了一層陰影。安只希望溫特渥斯早些離開，就在他離去的那一刻，她對自己說：「過去了！過去了！」以後的多次碰面，不會再像那天晚上那樣地刻骨銘心了。

後來溫特渥斯似乎愛上了露意莎．默斯格羅夫（Louisa Musgrove），而露意莎受傷期間，安對她的看護與照顧，卻重新溫暖了溫特渥斯的心。她的和藹與溫柔，一如往昔。溫特渥斯發現安並沒有變，雖然一切都已事過境遷。這一次，安不再接受拉塞爾夫人的勸導，嫁給有財產和地位的人，她走出門當戶對的束縛，至此才明白了內心唯一的位置一直是爲溫特渥斯而保留的。如今在她眼中，性格才是凌駕在其他條件之上的重要原則。或許是拿破崙發跡過程，風起雲湧的波濤衝擊了人們對於浪漫精神奮不顧身的追求，因而影響了鄉村女作家對人間婚姻與摯愛的深刻體驗與重新感受。也或許是作者自身走過哀樂中年，在歲月之河的沖刷下，愛情中所有關於物質條件的沉沙已逐漸洗盡。珍．奧斯汀筆下的男女主角第一次擺脫了那個時代對於婚姻與道德的約束，讓我們見到女主角由年輕時代的拘謹，逐漸學習走向浪漫的道路。儘管從作者過世前未完成的作品《桑迪頓》（Sanditon）看來，浪漫愛的路線未必保持繼續前進的姿態，然而不可否認地，就在撰寫《勸導》的這段時期裡，珍．奧斯汀改變了她的婚戀觀，至少是向浪漫愛跨越了一大步。她在最後一章寫道：

誰還會懷疑以後的一切呢？當青年人想結婚，他們只需堅持就可以貫徹他們的意願，不管他們如何窮困，如何魯莽，以及最後幸福的可能性如何之小。以此終篇或許是不道德，不過我相信那是眞理。

因此，就算是十九世紀中期維多利亞時代著名小說《簡愛》（*Jane Eyre*, 1847）的作者夏綠蒂．白朗特（Sharlotte Bronte, 1816-1855）嚴厲地批評珍．奧斯汀的作品「既無詩情，又缺乏感情」，我們仍不能無視於她的《勸導》在婚戀敘事觀點上的突出表現，爲後世白朗特姊妹作品中的浪漫愛所作的鋪陳與準備。

整體而言，《勸導》的初稿完成於一八一六年，其後一個月內第十到十二章經過修訂與改寫，以呈現出現有的面貌。它在珍・奧斯汀的作品集中所顯現的意義在於作者以前所未有的執著來對待愛情，而且筆尖所流露的情懷比以往的任何一部作品更加溫婉入微，難怪許多人想像這是珍・奧斯汀自己的愛情故事，並認爲這本書中的女主角安・艾略特就是珍的化身。熱愛珍・奧斯汀的英國第一位諾貝爾文學獎得主拉迪亞德・吉卜齡（Rudyard Kipling）曾將《勸導》的虛構情節與珍的現實生活譜成一首詩：

那與世隔絕的陰陽交界
被世人遺忘著
在那裡坐著一位漢普郡的紳士
他細細地讀著一本書

一本名爲《勸導》的書
書中平鋪直敘描繪著
發生在他與珍之間的
愛情故事

儘管珍對她的姪女芬妮強調：你或許會喜歡書中的女主角，她實在比我的個性好太多。然而珍．奧斯汀創作《勸導》時，中年之愛的體驗與現身說法，仍然令人不住地浮想連翩。向來以與衆不同的女性主義觀點穿梭在兩性議題之間，以洞見人類生活與心靈荒蕪，而不斷引發巨大迴響的英國意識流小說開拓者——維吉尼亞．吳爾芙（Adeline Vlirginia Woof, 1882-1941）亦不得不對《勸導》發出慨嘆，她認爲珍．奧斯汀經由這部作品走進了一個更深邃，也更爲寬廣的世界。它儘管延續了奧斯汀式的幽默喜劇路線，卻在男女主角的感情上做到了收發自如的克制力，因爲感情的一發不可收拾往往導致悲劇效果，因此故事中沒有過分的感傷，取而代之的是無盡的溫柔。畢竟安所身處的環境並非一個會讓她跌落深淵的罪惡家庭，拉塞爾夫人儘管守舊，卻不是傳統人物形塑中刻板的後母形象，她對安的關懷與慈愛，是讀者有目共睹的；安的父親也許過度沉湎在貴族的家世榮耀裡，以顯現出愛慕虛榮的性格特徵，卻絕不等同於菲爾丁、瑞察生等作家筆下暴君形象的父親，因此安與溫特渥斯的感情問題實際上與女主角自我意志的掙扎和猶豫有相當程度的關聯。

「勸導」一詞或翻譯為「勸說」，原文persuasion的拉丁字源可以解釋為「建議」或「主張」，而它的字根則可追溯至「甜美」和「愉悅」，於是這個比起珍・奧斯汀其他小說書名都來得抽象的辭彙，表面意義為對是否該做某件事提出建言，然而它的原意則在暗示：任何一件事情的做與不做，其實是與個人喜好有關，而與道德的聯繫則較為薄弱。同時，這個由女主角在八年後補救當初一場錯誤的勸導而描繪出的反諷喜劇，在整體印象上，時時令人感受到悲傷陰鬱的氛團，這一點甚至較《曼斯菲爾德莊園》尤甚。哈洛・卜倫（Harold Bloom）

在《西方正典》（*The Western Canon*）中指出：「這份悲傷強化了這本小說裡我所謂的正典說服力，也就是小說顯現其非凡美學價值的方式。」珍．奧斯汀的小說以喜劇定調，在使人輕鬆以對的基礎上，於歡樂中逐漸領略生命中沉鬱的傷感，並進一步思索什麼是喜？什麼是悲？人生的況味在相當經驗的累積後，才能慢慢體會其中的憂樂相參與矛盾得無以名喻的眞實處境。它不陷落到鬧劇裡去，反而向上提升成複雜而敏銳的生活意志，因此成就了作品的經典價值地位。

珍．奧斯汀對女主人公性格的形塑，在《傲慢與偏見》，《理性與感性》、《曼斯菲爾德莊園》，以及《勸導》等作中，均顯示出個性獨立卻不孤單，而且自我意識未曾動搖的鮮明特質。因此，作者以「勸導」一抽象詞來詮釋安．艾略特的故事，實際上正具體點明了女主角面對婚姻問題時在觀念上的轉變與成長。八年前，她認同拉賽爾夫人的提議，相信離開沒有財產與地位的溫特渥斯，能使自己的未來更美好；然而，八年來她卻未曾因此而選擇躋身上流社會，反而在生命中逐漸立下了唯一的價值標準——人的內在眞誠凌駕於一切外在的社會條件。

唯有以此作爲情愛的最珍貴品質，往後才有愛蜜莉・白朗特繼續發展出：「他和我的靈魂完全相同」，並且極力追求兩人完整合一的可能。

安・艾略特在珍・奧斯汀所刻畫的眾多女性主角之中所突顯的特殊性，還在於她雖強勢卻不起眼的人格特質。我們必須承認，安・艾略特的確不如愛瑪・伍德豪斯活潑生動，也不及伊麗莎白・班奈特，也就是莉琪的氣韻渾然與睿智天成，用珍・奧斯汀自己的話來說，「安，對我而言似乎是太溫和了」。「溫和」一詞既是相較於伊麗莎白・班奈特等人的精神面貌而言，同時又形象化地提點出安・艾略特寡言而沉鬱的氣質。儘管如此，在故事中，對溫特渥斯而言，安卻無疑是他的知己，他們彼此雖然很少交談，卻能夠心領神會對方話語中的意涵。因此，奧斯汀所要說的不僅是一個中年未婚女子的愛情故事，這個故事同時也關乎友誼。更進一步地說，珍・奧斯汀在生命的晚年對於男女之情的體會，已有更深一層的認識。安與溫特渥斯之間的深厚情誼，也許才是作者在這段時期裡所欲表達的深刻而持久的愛情質地。

此外，珍・奧斯汀小說中精湛的散文筆法，與劇作家才能練就的一種特殊的全知觀點，也是歷來評論者著重欣賞的藝術特質。維吉尼亞・吳爾芙在評賞散文小說時，明示我們散文與散文化小說的不同鑑賞準則：

> 無可否認，要是杜斯妥也夫斯基文筆優美的話，他會是一位更偉大的小說家。然而由於小說創作對每根神經、每塊肌肉和每根纖維都造成重荷，因此鑒於人類的侷限性，如果再要求美妙的文筆，那等於是要求某樣只有以犧牲其他事物爲代價才能得到的東西。
>
> 我們尤其應該在敘述戛然而止、由對話取而代之的地方尋找這種美。（阮江平、戚小倫譯，二〇〇五）

小說藝術的極致表現在於結構上的環環相扣，致使文氣連綿不盡，因而往往難於節選片段作爲單獨欣賞的重點。維吉尼亞・吳爾芙舉康拉德的小說爲例，比喻其文字優美得像天蛾流連於花芯之上；舉愛默生的精品爲例，形容爲：「從老聖誕樹的枝啞上摘下而又失手跌落的一個球一樣，粉碎成一粒粒透著銀色光澤的塵埃。……當然，那種光澤是令人讚賞的——那種塵埃，星星的塵埃。」精緻的文辭對於散文而言，是聖誕樹上的銀球，是天上不滅的星星；然而對於小說而言，則可能意味著故事結構鬆散，或使得作品缺少生氣與威力，「像夏日的大海一樣單調乏味」。

究竟好小說如何呈現其深刻、精妙而動人的藝術震懾力呢？答案在於小說家不惜令文字去承擔所有繁瑣的家務：

整床鋪，擦瓷器，燒開水，掃地板，得到的報償是她享有與人類生活在一起這種珍貴無比的特權。當她開始對她的工作感興趣時——當爐子生火了，貓趴在這兒，煙從煙囪裡冒出來，男人和女人在享受美味或親熱撫愛、在作夢或沉思，樹木搖曳，月亮升起，秋陽燦爛地照耀著玉米……。

屆時，那些平淡無奇的文字將會躍升莊嚴的寶座，變成氣象莊嚴的女王。小說之美就在文字與生活、家務貼近，甚至融合成一體的當下，讓讀者體會到一股生命的活力。珍・奧斯汀選擇讓生活細節進入小說，以現實世界裡如火如荼的戰爭與英雄作爲人物登場之前的故事背景；讓對話中的機鋒與巧智帶領我們探勘人性與思想的奧祕，因而博得了「寫散文的莎士比亞」的美譽。事實上，珍・奧斯汀的喜劇反諷手法也確實具有莎士比亞的風格，就戲劇觀點而言，《勸導》中的安・艾略特雖然不一定時時居舞臺中心的地位（這一點與《愛瑪》不同），然而她在小說中的核心位置卻是不容質疑的。因爲她對於每個人的關心和體貼，使我們不僅透過她的眼睛、耳朵來理解事件，甚至於用她的心靈來感知人們身上即將發生的事，尤其是了解溫特渥斯的心。

雖然亨利・詹姆斯曾經強調：「小說家必須是一個絕無半點遺漏的感應器。」然而，如何在喜劇反諷的基調下，透過安這樣獨特、內向而孤絕的女主角來體現全劇的精神？恐怕並非易事。因爲通常譏諷模式具有片面觀點的限制，劇中人物無法超越某種視角而使喜劇由此生發，安對於自己和別人身上的問題，往往比當事者還敏銳易感。然而在珍・奧斯汀的筆下，安的感知力不僅未顯得咄咄逼人，反而始終與創作者保持貼近的步伐，使得讀者自始至終都能依賴安的感官及話語，以理解小說中所有已發生的故事與感受未發生的徵兆。

依照小說剛開始的緩慢進程來判斷，讀者可能在閱讀之初會低估了對於安・艾略特的注意及欣賞。及至整部小說逐漸開展，以至進入尾聲，我們會慢慢發現安這個人物的複雜與敏銳，同時她始終維持著一份未曾改變的自我意志，也形成了一種在小說領域裡的莎士比亞式的內向性格典範。《勸導》在強調出於個人意志的互敬互愛的情愛模式的同時，充分體現了女性所擁有的內在自由，儘管眾所周知珍・奧斯汀不過於注意這份自由意志的外在社會經濟基礎，哈洛，卜倫仍願意提醒讀者（尤其是馬克思主義的批評家）解讀珍・奧斯汀的持中態度：

在今天，談論珍・奧斯汀所排除的社會經濟現實已成時尚，例如西印度群島奴隸制，這是她的許多人物能安享經濟資源的一部分根本原因所在。然而，所有優秀的文學作品皆植基於排除之上，而且也還沒有人可以證明：認識文化與帝國主義之間的關係對閱讀《曼斯菲爾德莊園》會有一絲一毫的好處。《勸導》最終向溫特渥斯所享有崇高地位的英國海軍致意。在海上執行過鞭刑的溫特渥斯當然不像在陸上細細品味著與安・艾略特的可喜情誼的溫特渥斯那麼討人喜歡。然而我要再次強調，奧斯汀所創造的是植基於排他性之上的偉大藝術，英國海上勢力的沉重現實與《勸導》之間，就如同西印度群島的奴隸制和《曼斯非爾德莊園》之間一樣沒有什麼關係。（高志仁譯，一九九八）

或許我們應該著重欣賞的是，八年前拒絕溫特渥斯的安，如今所面臨的困境一方面在於一種無以名之的生活無聊感，以及在這種生活中所耗損的無限美好的青春；另一方面溫特渥斯的再度出現，讓她的內心出現了比珍・奧斯汀小說中其他人物更爲強烈而深刻的個人意志與願望，以及在理性考量與情感訴求之間掙扎的痕跡。這份來自於面對生命侷限所體認到的個人情懷中的淡淡哀傷，形成了她與莎士比亞接軌的重要風格，原來文藝復興時期，英國戲劇偏向從「命」（nature）和「運」（fortune）的互動來詮釋人生。尤其是莎翁的戲劇通常呈現複雜的心理層面，以及內心慾望與外在命運的相互衝突。尤其是他的「喜劇三部曲」《捕風捉影》、《皆大歡喜》，以及《十二夜》，透過具有春天氣息的貴族青春男女爭取愛情自由與婚姻自主的故事，表現愛情、友誼與婚姻等主題，並在喜劇的高水準藝術上，流露出憂鬱和哀愁的氣氛，爲明朗樂觀的情調增添了幾許耐人涵泳的韻味。《勸導》中的女主角，以愛情的回憶與當下的浪漫追求來動搖八年前家族及個人的立場原則，雖然導致安在自我意識上產生了矛盾與分裂，然而這段喜劇主流中的暗潮，無疑是讓具有濃厚英國古典貴族理性氣息的珍·奧斯汀，自覺地將傳統的物質婚姻觀推向了一個嶄新的精神領域，這同時也是英國小說史上，人文精神顯揚的一處明顯標竿。

【後　記】

在愛的領域——珍・奧斯汀對女性的抨擊！

《蘇珊夫人》故事中的女主角是個心機頗重的「壞女人」。光憑這一點，就不得不讓人佩服三百多年前，英國鄉村女作家對於小說這一文類的獨到見識，這也顯現出她對人物藝術形象的特殊思維。雖然珍・奧斯汀向來不談政治，然而在她的筆下，女人卻擁有天生的政治翻雲覆雨手。在這部小說裡，女性擅長操作錯綜的人脈，並從中得到她想知道的私密訊息，最終的目的是得到她眞正想要的婚姻與愛情。儘管這樣的局限性來自當時封閉的社會與保守的性別意識，然而，她們幾乎是憑本能來操縱人性與心理，藉以獲得現實利益，這不就是最典型的政治手段嗎？

更有趣的是，蘇珊夫人乃憑藉著一封又一封的書信，來玩弄她的權利，和施展她的抱負。這無疑又是珍．奧斯汀在肯定書寫與文字具有無上魅力的觀念底下，所催生的產物。在她的創作脈絡裡，我們可以說，擁有書寫權力的人，尤其是女人，便能夠輕易地掌握婚姻市場、操弄男性於股掌，甚至左右社會輿論的方向。毫無疑問地，蘇珊夫人是珍．奧斯汀筆下最爲出色的反派女主角。衆男士爲她神魂顚倒之際，環繞在她周圍的女性親屬，卻往往視她爲洪水猛獸！我們看第六封信中，維儂太太對她的描述：「我已見過這位危險人物……她長得國色天香，也許你不相信一個已不年輕的女人竟堪稱美女！」

身爲擅長玩弄人際關係的社交黑寡婦，蘇珊夫人最突出的特點在於，年齡既寫在她的臉上，魅力同時也從這裡散發出來！這位美麗的女子，「皮膚白皙透亮，有雙迷人的灰色眼睛，配上烏黑黝亮的長睫毛……。」但是千萬別打聽她的年齡，因爲她實際上的年歲，至少比外表多了十歲！而且，再怎麼討厭她的人，都不得不欣賞蘇珊夫人優雅的身段與風韻迷人的舉止。而這正是珍．奧斯汀最早的一篇小說創作，當時作家年僅十九歲，初試啼聲的第一個短篇，下手不凡地捕捉了美麗母親搶奪女兒情人的凌厲吃相！當我們想到她所迫害的對象竟是自己的親生女兒，眞使人感嘆這絕對是古今罕見的狠角色了。

其實蘇珊夫人最厲害之處，還在於讓原本對她充滿防備與敵意的雷吉納・德寇西先生，於短短兩星期之內，不僅對她徹底改觀，而且深深地爲她所著迷！其癡狂的程度，簡直教雷吉納的親姊姊凱薩琳感到憤怒與髮指！她寫信給自己的母親告狀：「女兒絲毫不意外他會喜歡上她。可是，雷吉納竟卸下理智、違背信念，如此樂於與她待在一起，還眞教人大感詫異！」凱薩琳對於同屬女人的蘇珊夫人，由理解到完全無從解釋的過程，適足以說明這個女性其魅力的難以捉摸。「初時，他甚爲欣賞她的美貌，不過那尙屬人之常情；爾後，他逐漸被她優雅雍容的儀態所吸引，這點也不足爲奇；然而，最近他竟讚賞起她來！」原本抱定來揭穿蘇珊眞面目的雷吉納，幾天之後，已在這女子面前俯首稱臣了，他口口聲聲讚賞蘇珊，而且毫不掩飾自己的仰慕之情。

故事情節峰迴路轉之處，在蘇珊的女兒費德莉卡逃學、逃家後，故事浮現出母女的緊張關係。因爲蘇珊夫人逼迫女兒嫁給有錢的馬汀爵士。而費德莉卡心裡眞正喜歡的人，卻是雷吉納。夫人面對女兒的戀情，直言：「被她給氣壞了！」因爲學校方面執意要費德莉卡退學回家，蘇珊夫人爲之氣結地埋怨道：「反正就是這樣，費德莉卡又回來當我的拖油瓶了……不過，她愛上雷吉納！這個女孩既忤逆她母親，又拒絕了一門高攀的親事，竟然還在母親未允許的情況下，擅自愛上一個男人。」同時，她認爲女兒純眞無邪的天然情態，反而會被男人看扁。「在愛的領域，不帶點矯柔造作，絕對行不通！」她由此斷定費德莉卡是個天生愚蠢的人。

珍・奧斯汀對蘇珊抨擊式的書寫，遠厲害於《理性與感性》、《曼斯菲爾德莊園》等後期小說中的反派女性形象。後者僅止於小奸小惡，背地裡偷偷算計他人錢財，或是欺負柔弱無助的外來孤女。然而蘇珊夫人卻是荼毒自己的女兒，玩弄那曾經揚言拆穿她眞面目的正直男性，卻同時在背地裡嘲笑這個「熱戀」中的男人，藉此充分地展現她的女性實力，同時也報復了那些對她惡言又負評的親戚鄰里。而這件事情也立刻惹火了雷吉納，雷吉納重新看清她的本性，修家書一封，聲明即刻打道回府，與蘇珊夫人斷絕往來。只可惜雷吉納的話音剛落，他的家人還慶幸不到半天的工夫，蘇珊夫人又重新擄獲這可憐男人的心。

珍・奧斯汀在這篇小說裡幾處高潮迭起的劇情轉折，使我們見識到她掌握戲劇張力的能量足已蓄積到全面爆發的程度。直至蘇珊夫人機關算盡，咎由自取乃至於一敗塗地爲止，作家已將文本的起落與讀者的情緒，均收攝於掌中。試想，一個十九歲的少女作家能夠塑造駕馭熟女形象到如此地步，那麼她後續的創作將會多麼令人期待！

國家圖書館出版品預行編目資料

世界文學評賞課：珍.奧斯汀和她的小說／朱嘉雯著.
-- 初版. -- 臺北市：五南，108.06
面；　公分
ISBN 978-957-763-426-9（平裝）

1.奧斯汀(Austen, Jane, 1775-1817)
2.小說　3.文學評論

873.57　　108007271

1XFL

世界文學評賞課
珍・奧斯汀和她的小說

作　　者 — 朱嘉雯（34.6）
發 行 人 — 楊榮川
總 經 理 — 楊士清
副總編輯 — 黃文瓊
繪　　者 — 吳佳臻
封面設計 — 姚孝慈
出 版 者 — 五南圖書出版股份有限公司
地　　址：106台北市大安區和平東路二段339號4樓
電　　話：(02)2705-5066　　傳　　真：(02)2706-6100
網　　址：http://www.wunan.com.tw
電子郵件：wunan@wunan.com.tw
劃撥帳號：01068953
戶　　名：五南圖書出版股份有限公司

法律顧問　林勝安律師事務所　林勝安律師

出版日期　2019年6月初版一刷
定　　價　新臺幣450元